La porte des Larmes

Raymond Depardon
Jean-Claude Guillebaud

La porte des Larmes

Retour vers l'Abyssinie

Éditions du Seuil

TEXTE INTÉGRAL

ISBN 978-2-7578-0362-2
(ISBN 2-02-025930-3, 1re publication)

Bab el-Mandeb : « La Porte des Larmes » (ou des Lamentations) est ce détroit qui fait communiquer la mer Rouge et l'océan Indien. Il a vingt-cinq kilomètres de large entre l'Arabie et l'Afrique.

(*Larousse* en trois volumes.
Édition de 1970.)

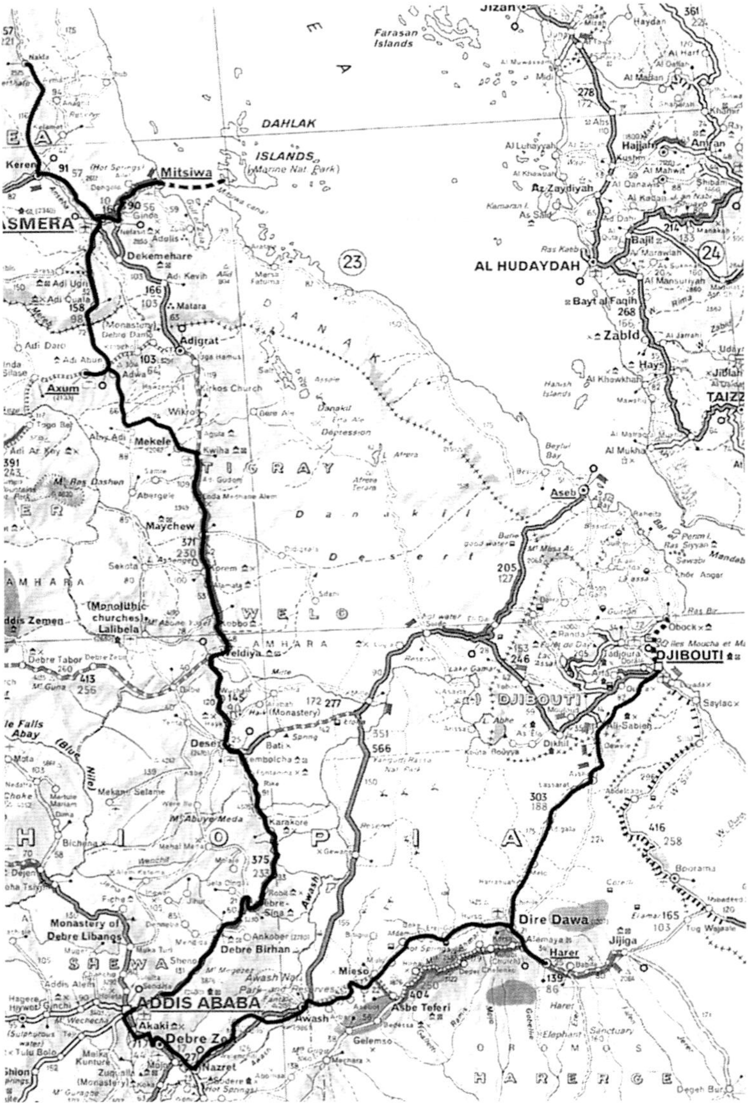

Jizan
Farasan Islands
DAHLAK ISLANDS
(Marine Nat. Park)
Keren
Mitsiwa
ASMERA
Ginda
Adulis
Dekemehare
Adi Ugri
Adi Quala
Adi Keyih
Matara
(Monastery) Debre Damo
Adigrat
Adi Daro
Adwa
Axum
Kirkos Church
Wikro
Togo Bet
Mekele
Kwiha
TIGRAY
Adi Ar Kay
Mt Ras Dashen
Abergele
Danakil Depression
Danakil Desert
Maychew
Sekota
AMHARA
Korem
Alamata
Addis Zemen
(Monolithic churches) Lalibela
Kobbo
WELO
Weldiya
Debre Tabor
Mt Guna
Blue Falls Abay
Blue Nile
Mota
Desē
Bati
Kembolcha
Mekane Selame
Mt Abuye Meda
Karakore
Bichena
Dejen
Monastery of Debre Libanos
SHEWA
Debre Sina
Ankober
Debre Birhan
Fiche
ADDIS ABABA
Addis Alem
Hagere Hiywet
Ginchi
Wechecha
Akaki
Debre Zeyit
Nazret
Mojo
Zuquala (Monastery)
Sodere Hot Springs
Awash Nat. Park and Reserves
Awash
Mieso
Asbe Teferi
Gelemso
Dire Dawa
Alemaya
Harer
Jijiga
Elephant Sanctuary
HARERGE
Degeh Bur
Boorama
Aseb
Djibouti
DJIBOUTI
Obock
Tadjoura
Dikhil
L. Abbe
Ali-Sabieh
Saylac
Lake Gamarri
Yangudi Rassa Nat. Park
ETHIOPIA
AL HUDAYDAH
Al Luhayyah
Az Zaydiyah
Kamaran I.
As Salif
Bayt al Faqih
Zabid
Hays
Al Khawkhah
Hanish Islands
Al Mukha
TAIZZ
Hajjah
Al Mahwit
Bajil
Al Mansuriyah
Haydan
Al Mahjan
Midi
Abs
Jiblah
Bab el Mandeb
Perim I.
23
24

La mémoire vive

Rien n'aurait de sens si nous ne disions pourquoi un peu d'effroi nous habitait, Raymond et moi, en décollant de Roissy-en-France à l'automne 1995. Retournant vers Djibouti, Addis-Abeba, Aksoum ou Massaoua, nous ne partions pas – oh, surtout pas ! – « à l'aventure ». Nous ne cédions pas non plus à ces effusions littéraires, obligées dès lors qu'il est question de la mer Rouge, des remparts de Harar ou des montagnes d'Entotto qui sentent l'eucalyptus et le *watt*. Raymond ni moi ne songions ce jour-là à convoquer Nizan ou Leiris, Rimbaud ou Monfreid, Kessel ou Londres, Gary ou Soupault qui, tous, brûlèrent un peu de leur vie en maraudant sur ces rivages dankali, croûteux de sel et assourdis de silence.

C'est pour obéir à des inclinations plus intimes que nous retournions vers l'Abyssinie. Nous avions l'un et l'autre passé cinquante ans. Que vaudrait un voyage si on taisait tout cela ? Retour, mais vers quoi ? Revenir sur ses pas mais dans quel but ? La vérité est que tous deux avions partie liée depuis longtemps avec ces confins de l'Afrique et de l'Arabie – cette « corne » fameuse – qui, des sables de Mersa Tekle au cap des Aromates, des splendeurs haut perchées du Wollo abyssin aux sauvageries bantoues de la vallée de l'Omo, dessine comme un accent circonflexe coiffant l'Afrique orientale. Pendant dix années au moins, cette corne qu'on disait stratégique fut, pour nous, le canton privilégié d'une géographie personnelle. Raymond tourna là-bas plusieurs films qui parlaient de désert et de femmes. De 1973 à 1983, j'y séjournai plus de quinze fois dans des circonstances telles que l'homme que j'étais s'en trouva changé.

Changé ? Chacun de nous, une fois dans son existence au moins, se trouve blessé par la morsure de l'injustice, comme asphyxié par une bouffée de révolte qui l'envahit si fort qu'il ne l'oubliera plus. C'est en Éthiopie que mes yeux ont vu des foules mourir de faim et des cadavres amoncelés sous les pierres, du côté de Woldia ou Mekele. Je dis bien des foules et des cadavres. Par centaines... C'était en 1973, sous le règne d'Hailé Sélassié, roi des rois, descendant prétendu de la reine de Saba et du roi Salomon, père du panafricanisme, victime emblématique du fascisme mussolinien, monarque enluminé d'un empire de légende que courtisait pieusement l'Occident. Droites et gauches confondues. Légende ? Enluminures ? Je me souviens surtout qu'alentour les greniers étaient remplis de sorgho et de *teff*[1]. Marchands et *balabats* (grands propriétaires) se réjouissaient à voix basse de voir flamber les prix. Parfois, des hommes en armes veillaient aux quatre coins d'un champ pour empêcher les métayers de voler – et de manger ! – une poignée de grains.

Aux étapes, des enfants s'accrochaient à moi.

1. *Céréale proche du millet et qui ne pousse qu'en Éthiopie.*

« Emmène-moi, monsieur ! Emmène-moi ! » Comme une coulée de pus, des groupes en haillons grisâtres sourdaient matin et soir des campagnes du Wollo et du Tigré pour venir s'accroupir à proximité des routes. Et y mourir. La violence de ce que je ressentis alors tint surtout à un détail : ces images-là – bourgeois sur leurs mules, prêtres barbus et mendiants à l'agonie – ne m'apparurent pas le moins du monde « exotiques ». Aucune distance mentale ne m'en protégeait, ni l'alibi d'une altérité. C'est de notre propre mémoire qu'elles me semblaient jaillir pour ramener vers l'an 1400 de l'Europe le voyageur que j'étais. C'est à nous qu'elle s'adressaient. À moi.

J'avais trente ans.

Je me souviens très exactement de ces hommes et femmes posés sur le bord des chemins comme des chiffons, de ces cadavres hâtivement enfouis devant les *toukouls* (maisons) tandis que, tout autour, *la vie continuait*. Avec de la musique dans les rues de Dessié et les vitrines des *bounabets* [1] allumées. J'étais saisi de dégoût et de honte. Ni les guerres asiatiques, ni les tueries orientales – jamais – ne m'avaient concerné autant que cette évidence du mal tranquillement exhibé. Étais-je naïf ou émotif à l'excès ? À chacun son initiation. La mienne fut éthiopienne : le monde était effectivement « méchant ». On pouvait y mourir au pied des maisons où festoyaient les riches. L'inégalité cessait d'être une idée apprise ou une fatalité abstraite. Voilà qu'elle prenait corps, épaisseur, puanteur dans

1. Littéralement « maison de café » en amharique. Désigne, par extension, tout bistrot.

ces silhouettes titubantes enveloppées jusqu'aux yeux dans leurs linges couleur de crasse.

Plus tard encore, ni les malheureux d'Arménie ou du Rwanda, ni les assassinés de Beyrouth, Kaboul, Sarajevo ou d'ailleurs ne purent édulcorer dans ma mémoire cette rencontre avec l'injustice absolue. Les tragédies et les guerres que tout journaliste apprend à côtoyer portent en elles je ne sais quel principe d'exception, d'anomalie provisoire qui en atténue l'épouvante. Pas cette famine paysanne, silencieuse, hagarde, qui suppurait comme la plaie même de l'Histoire.

À mes yeux, l'Abyssinie devint quelque chose comme un secret personnel, un lieu fondateur où je revins sans cesse pour le compte du journal *Le Monde*. Elle le demeura pendant près de dix ans durant lesquels il me sembla voir s'incarner successivement toutes les espérances, cruautés, contradictions, désillusions, cynismes et mensonges d'une époque. L'Abyssinie, humiliée par cette famine que la cour impériale avait cherché à dissimuler, offrit au monde durant ces années-là comme un effrayant raccourci d'idéologie contemporaine...

Là-bas, on vit d'abord naître et brièvement triompher (en 1974) – contre l'injustice féodale – une révolution véritable, la seule de toute l'Afrique peut-être, qui ne se ramenait point, comme il fut dit, à un putsch africain. Durant les premiers mois, une société entière bascula bel et bien dans l'espérance, le lyrisme des matins qui chantent, avec ces paysans du sud rassemblés sur les terres reconquises, ces petits prêtres en révolte, ces défilés incessants, ces étudiants électrisés, ces slogans fiévreux et les mots eux-mêmes qui changeaient de substance. Brève épiphanie, formidable espérance d'une commune paysanne bientôt confisquée par l'armée et précipitée, dès lors, dans une nuit de terreur et d'égorgements. À mon cinquième voyage, déjà (vers 1976), j'apprenais à rayer, dans mes carnets, les noms des amis fusillés. Mon jeune guide éthiopien, mon premier compagnon de voyage et de colère, avait fini par disparaître lui-même dans la fournaise de la *keysheber* (terreur rouge). Je ne l'ai plus jamais retrouvé.

Oublie-t-on jamais cela ?

Puis, il y eut, pesante et méticuleuse, la soviétisation du pays, l'arrivée des contingents cubains, les nationalisations et les langues de bois, le flicage social et l'émergence d'un Staline africain pressé d'enfiler le costume du négus qu'il avait fait étouffer sous un oreiller. Désespérance de l'Histoire mais surtout ricanement du destin… Née d'une révolte contre la famine, cette révolution-là déboucha – en 1984 – sur une famine plus effrayante encore. Et sur le sang partout répandu. La révolution aggravait ainsi ce qu'elle avait prétendu combattre. Comme si, en moins d'une décennie, s'était refermée sur elle-même la boucle de l'espérance humaine. Ce qui se passait là-bas rejouait en quelque sorte tous les épisodes de notre propre histoire, mais à un rythme accéléré. En moins de dix ans, j'avais pu voir et « couvrir » en témoin l'équivalent de 1789 et l'effondrement d'une société féodale, les États généraux et la mort du roi, puis les levées en masse, les campagnes meurtrières de l'Empire et bientôt la révolution d'Octobre finissant dans le stalinisme et les charniers. On ne se remet pas si vite d'une leçon si radicale et si précipitée.

Mais la corne incarnait, dans le même temps, d'autres cynismes et d'autres farces qui valaient exemple. Le jeu des puissances, par exemple, qui vit l'URSS et l'Amérique changer de camp et d'alliés (1977), la première lançant bientôt ses bombardiers sur les maquis (d'Érythrée) qu'elle avait aidés à naître. Sans parler des nostalgies coloniales qui, dans chacun de mes voyages, figuraient la version boulevard d'une même tragédie. À Djibouti où je faisais escale, une France anachronique s'empêtrait dans un imbroglio de manigances d'État, équipées loufoques, conciliabules de chancelleries et crapahuts de légionnaires.

Pour mon premier séjour dans ce qui était encore un Territoire d'outre-mer, la Légion étrangère m'avait offert quelque part près du poste de Sanoualli, sur la ligne du chemin de fer franco-éthiopien, le tableautin d'un tabassage en règle de voyageurs « indigènes ». Je vois encore ce troufion en short mastic arracher du wagon un vieillard en guenilles qu'il tenait du bout des doigts en le poussant vers le ballast. Et le cri de la brute à l'attention du sergent : « Eh ! Chef, çui-là est aveugle. J'cogne quand même ? » Ce Djibouti exagérément colonial me ramenait, quant à lui, vers nos années 20 ou 30, nos schlagues et nos administrateurs d'outre-mer. J'y vis bientôt, après une indépendance consentie à la hâte, les puissants de la veille (Afars) redevenir boutiquiers ou notaires tandis que les anciens factieux (Issas) prenaient les rênes d'une République lilliputienne sous l'œil indifférent des petits Blancs du Club nautique.

La roue du temps...

Enfin c'est dans la corne que l'action humanitaire, ce grand remords occidental des années 80, avec tralalas médiatiques et concerts télévisés, s'enlisa dans les ambiguïtés de la compassion et comprit qu'elle servait étourdiment les desseins du tyran. L'enfer pouvait être pavé de bonnes intentions. La belle découverte ! Partout dans le monde, « il y eut débat », comme on dit désormais[1]. Pourquoi fallut-il, une fois encore, que l'Éthiopie en fût le théâtre ? Et pourquoi cette famine-là, partiellement imputable à la sottise communiste, fit-elle oublier la précédente, redevable au cynisme de l'empire ? Famine « de gauche » contre famine « de droite » et rhétoriques amnésiques à Saint-Germain-des-Prés... J'enrageais de voir que, sur les estrades, on oubliait si vite toute une moitié de l'Histoire.

Une dernière fois, la corne faisait symbole.

Pendant près de dix ans, aucun ailleurs, nulle partie du monde, aucun lieu ne compta dans ma vie autant que celui-là. D'autant plus qu'à ce trouble et à ces colères s'ajouta une autre évidence qui ne simplifiait rien. Je parle de cette écrasante beauté qui, sans cesse, là-bas, se trouvait mêlée au malheur ; cette concomitance inexprimable de la désespérance et

1. *En 1984, le régime éthiopien fut accusé de détourner l'aide internationale aux victimes de la famine et de se livrer à des déplacements forcés de population. Notamment par l'association* Médecins sans frontières *dont les équipes durent quitter le pays.*

d'une splendeur qui me paraît, aujourd'hui encore, sans beaucoup d'équivalent dans le monde. Celle des montagnes de Gondar ou des vallées du Godjam, ces perspectives caillouteuses du Tigré, quand on monte vers Aksoum, ou ces jeux de lumières qui vous escortent sur la corniche descendant vers Massaoua et la mer Rouge. Celle, plus austère, du désert dankali ou des rivages de Ras Sian soudain embrumés par un *khamsin* chargé de sable. Sans parler des raffinements civilisés d'une vieille société abyssine venue de très loin dans la mémoire de la chrétienté.

Au milieu même des famines et des meurtres, j'eus là-bas – comme tant d'autres avant moi – des émerveillements et des passions dont l'ambiguïté me trouble encore. À chaque départ d'Orly-Sud, au moment de monter dans le vieux Boeing des *Ethiopian Airlines* qui faisait escale à Rome, alors même que je partais vers une infinissable tragédie, je sentais en moi une joie intacte. Étais-je fou ? Était-il pensable d'aller s'extasier là où d'autres meurent ? Le plaisir « pittoresque » qui chavire le voyageur, ce bonheur qui m'envahissait moi-même à chaque atterrissage, de quel oubli commode était-il le produit ? Vieilles questions jamais résolues, vieux trouble jamais dissipé...

Faut-il ajouter qu'en Éthiopie j'aimais une Éthiopienne ?

Partons !

Obock : le cimetière des mots

Au seuil de la porte des Larmes, nous marchions lentement dans les dévastations d'Obock – cahutes éventrées, marché fracassé par les obus, tôles déchiquetées –, étourdis par ce silence absolu qui nous tombait sur les épaules. « Aussi loin que je puis voir, la solitude ! Aussi loin que je puisse entendre, le silence », écrivait d'Obock le voyageur Denis de Rivoyre au siècle dernier. Une timidité bizarre nous habitait encore. Tout voyage commence par cette convalescence, cette répugnance instinctive à s'abandonner. Nous ne parlions guère. Hôtes d'honneur de la République djiboutienne, nous logions dans l'ancienne maison du gouverneur Léonce Lagarde, vaste bâtisse en promontoire sur la mer, pièces vides et plafonds trop hauts, où des lits de camp avaient été dressés pour nous. L'après-midi, nous transpirions d'une venelle à l'autre, petits Blancs aplatis par la lumière exagérée de l'océan Indien. Nous allions au hasard dans ce village à peine ressuscité de la guerre[1], ville fantôme aux maisons vides, bourgade tout juste

1. La guerre civile qui, de 1991 à 1993, opposa l'armée djiboutienne à majorité issa au mouvement afar. Elle a fait environ deux mille morts.

reconquise à coups de canon par l'armée gouvernementale. Le commissaire adjoint avait récité son laïus comme à l'époque où nous étions des « envoyés spéciaux » : « Voyez, messieurs, la vie normale reprend ses droits. » Diable ! Nous nous moquions bien, cette fois-ci, des avancées de l'autorité légale ou du repli des maquis... *E finita...*

Sur une carte du monde, Obock est un point sans la moindre importance, une destination que personne n'envisage : trente ou quarante maisons cernées par le désert, la côte rectiligne filant au nord vers le Ras Birr, le poste militaire de Khor Hanghar, les sables de Mouloulhé et le Ras Doumeira à la frontière de l'Érythrée. On entendait le teuf-teuf du groupe électrogène municipal et le bruit des vagues sur le môle des pêcheurs où somnolaient deux soldats. Cette étrange solitude et le miroitement du grand vide pierreux alentour nous introduisaient cependant aux questions essentielles de ce voyage. Saurai-je, cette fois, trouver les mots ? Raymond saurait-il trouver les images ? Nous pouvions bien plaisanter sur les fulgurances de Rimbaud – *Moi pressé de trouver le lieu et la formule* –, ce n'était pas de vraies plaisanteries. Dès ce premier jour, nous devinions qu'un danger spécifique nous attendait en Afrique et qu'il nous faudrait passer au large. Non point les mines antipersonnel ou les coupeurs de route, mais l'insignifiance des « formules » que l'Histoire, ici, sédimente depuis un siècle.

À quoi bon, sinon, ce retour ?

À Djibouti, de l'autre côté du golfe de Tadjourah, notre envie de courir à Obock avait paru étrange.

Obock, le cimetière marin.

Nous avions nos raisons. C'est ici qu'une singulière aventure africaine commença pour de bon, avant même que Djibouti fût fondée. C'est d'abord dans la fournaise d'Obock que vinrent éclore les rêves originels, projets pharaoniques, fortins, briques et drapeaux d'une entreprise coloniale qui jetait les trois puissances européennes à l'assaut de la corne africaine. Italiens, Anglais et Français se partageaient sans merci cet Orient du continent noir posé comme une halte sur la route des Indes et que l'inauguration du canal de Suez (en 1869) avait rendu « vital ». Évoquant tout cela, nous songions à cette scène dont Obock avait été le théâtre et qu'aucun Pierre Loti ni Claude Farrère n'eût imaginée.

Dès 1860, après que le capitaine Fleuriot de Langle eut fait céder ce mouillage à la France, on hissa sur ce rivage un drapeau tricolore noué sur un bâton et placé sous la garde d'un vieillard danakil. Celui-ci, sans doute mystérieusement flatté, installa sa maigre silhouette sous une paillote de branchages devant la mer, un lambeau d'étoffe autour des reins, et veilla *plus de deux ans* sur nos couleurs dans une absolue solitude. Oui, deux ans de la vie d'un vieillard mal abrité du soleil, ignorant tout du monde et de l'Europe mais montant sa garde méditative près du drapeau de la France !

Cent trente-cinq années plus tard, à ce même endroit, veille un cimetière marin qui témoigne, désormais, de la vanité des empires. Cent quatre-vingts tombes rectangulaires blanchies à la chaux y sont alignées à vingt mètres de la mer Rouge, des amas de coquillages fossiles et des dauphins qui, chaque matin, remontent en folâtrant vers le Ras Birr. Nous venons nous y accroupir pour déchiffrer des noms : André Guiot, deuxième maître canonnier ; Le Maret, dit Duval, matelot ; Viollée, épouse Navignac, régiments de marche et bataillon d'Afrique, Infanterie de marine…

Chacun de ces patronymes nous chuchote une histoire. Ce périmètre géométrisé sous la lumière d'Obock n'est pas seulement un mausolée modeste portant le deuil de l'épopée française. Il fait office de cimetière du langage et du « regard colonial [1] ». N'est-ce pas ce deuil-là que nous venons prendre en Afrique ? Tout autour, la géographie se défait, les routes anciennes se recouvrent de sable, les tribus, différences, traditions et identités se recomposent en récusant l'ancienne rationalité des administrateurs. Mais le cimetière marin d'Obock, dans sa solitude et son silence, évoque surtout d'infinies rumeurs qui, peu à peu, se taisent. Et quelles rumeurs !

Dès l'origine, en ces lieux d'exception, le langage, l'éloquence voyageuse, la littérature, en somme, s'étaient faits complices de la conquête. L'arrivée des premiers commerçants – Pierre Arnoux, Paul Soleillet, Goltdammer ou Paul Gaffarel –, précédant celle de l'État français (en 1884) s'accompagna de dithyrambes éblouis et de descriptions rêveuses. Pour ces pionniers, le mouillage d'Obock n'ouvrait pas seulement la route des caravanes vers l'énigmatique château fort abyssin, le royaume du Choa et la cour de l'empereur

1. *Jean-Pierre Diehl,* Le Regard colonial, *Éditions Régine Deforges, 1986.*

La maison du premier gouverneur français Léonce Lagarde.

Ménélik. Il promettait un univers « impénétrable et fascinant », porteur d'une magie spécifique et de « sensations » nouvelles. Guerriers étranges, femmes tigresses, coquillages bleus, effervescence minérale, déserts infinis et lumière mouvante : l'éloquence des voyageurs, pressés d'aller clamer leurs émerveillements dans les journaux parisiens et sur les estrades des sociétés savantes, stimula l'intrépidité bâtisseuse des premiers colons. Ce rivage n'était pas une simple escale sur la route de l'Indochine, il offrait un rêve.

Nommé commandant d'Obock à vingt-quatre ans, un jeune hobereau de Haute-Loire, le vicomte Léonce Lagarde de Rouffeyrou, déploya une énergie incomparable pour édifier cette colonie, avant de transférer l'entreprise vers la rade plus praticable de Djibouti. Bâtiments rectangulaires des fabriques et jardins potagers, maisons en dur, entrepôts, salines, jetées, fortins, vérandas et prisons militaires. On construisait sur cette marche de l'Afrique en obéissant au lyrisme colonisateur des premiers témoins et de Victor Hugo lui-même qui, à Paris, clamait : « Allez, Peuples ! Emparez-vous de cette terre. Dieu offre l'Afrique à l'Europe. Prenez-la ! Faites des routes, faites des ports, faites des villes ; croissez, colonisez, multipliez[1]. » À Obock comme à Djibouti, toute l'entreprise se trouva enveloppée aussitôt dans une littérature qui, on ne sait pourquoi, se révéla ici plus fleurie, plus obstinée, plus redondante que nulle part ailleurs. Comme si, sur ces rivages de la mer Rouge, le regard du conquérant se faisait innocemment plus

1. *Discours sur l'Afrique du 18 mai 1879.*

insistant et son lyrisme plus imagé : voyageurs aux semelles de vent, portes mystérieuses, chameliers farouches, beautés indigènes au regard absent, gazelles insaisissables sous le cône d'ombre des épineux, énergie tellurique et fournaise obsédante. Quelle broussaille de mots ! Quelle graisse autour du muscle !

Chose étrange, ce grand mythe littéraire fit de ce territoire exigu – Djibouti – un passage obligatoire pour tout écrivain-voyageur affronté à l'Afrique. Il y a mieux : comme tout mythe assez vigoureux pour durer, celui-ci parvint à enrôler à son service ceux-là mêmes qui s'en moquaient. Il importa peu que Rimbaud, parlant d'Obock en 1885, jugeât sévèrement « la triste colonie », « l'affreuse colonie », « cette sale colonie ». L'exilé de Charleville n'en fut pas moins incorporé lui-même – et comment ! – à la légende locale. De même Nizan qui, dans *Aden Arabie,* ironisait sur le provincialisme abject de cette fausse sous-préfecture gouvernée par des joueurs de belote et dont la mémoire, malgré tout, est dévotement entretenue. Toute rhétorique durable implique je ne sais quel ressassement, quel recopiage infatigable et manipulateur. Combien furent-ils à reprendre, tout au long du siècle, la même récitation ?

Djibouti – la corne tout entière – se trouva enténébré par sa propre légende, dissimulé toujours plus profondément sous un kitsch romantique et des adjectifs sans chair ; Djibouti se fit le complice imprudent – ou indifférent ? – de cette identité imaginaire que lui inventait chaque visiteur à l'escale. Je me souviens des embarras de mon premier séjour ici, tout au début

Le château d'eau et l'unique place d'Obock.

des années 70. On arrivait après tant d'autres ! Des milliers de pages écrites vous attendaient de pied ferme et chacun semblait vous inviter à reprendre un flambeau transmis de livre en livre – d'Albert Londres à Paul Morand, de Pierre Loti à Jean d'Esme – par les « anciens ». On parlerait du *khat*[1] et du *Magalla*[2], on broderait sur la chaleur, la grâce entr'aperçue des *dik dik* (antilopes naines), les mystères telluriques de la *Rift Valley* et les cargos rouillés... C'était agaçant. N'y avait-il pas d'autres vérités à dire ? Le réel était-il sans importance sous la croûte des mots ? Et les gens, leurs soucis, la substance des choses ?

Justement !

Vingt ans après, nous revenions vers l'Afrique, Raymond et moi, alertés par cette bonne nouvelle partout murmurée : le mythe se disloque, les légendes s'exténuent, les vieux mots sonnent creux tandis que capitule enfin le « regard colonial ». Nous étions à Obock pour cela, dans ce minuscule mouillage renvoyé à sa solitude primitive ; dans ce cimetière marin alignant pathétiquement les noms de ses héros oubliés ; ici, dans ce lieu vide où les jeunes Afars en jeans et Adidas nous servaient des Coca tièdes au café La Brise de la Mer, sans plus dissimuler leurs agacements.

1. Plante amphétaminée que l'on « broute » dans toute la corne de l'Afrique et qui y est considérée comme un fléau social. Consommation officielle à Djibouti : sept tonnes en 1984, dix tonnes quatre en 1994.
2. Le marché et, par extension, le quartier « indigène ».

« Mille saisons en enfer. On a vu défiler sous nos yeux mille saisons infernales. Rimbaud n'a plus qu'à se coucher. Arrête ton Rimbaud, on n'en a rien à faire de l'Ardennais [1]. »

1. *Abdourahman A. Waberi,* Le Pays sans ombre, *Éditions Le Serpent à Plumes, 1994.*

Djibouti : la femme qui brûle

C'est le poil dressé, la colère à fleur de peau que nous circulons cette fois sous les arcades coloniales de Djibouti. Comme si nous sentions, en effet, que les circuits convenus – rue aux Mouches, avenue 13, place Ménélik, plateau du Serpent, bars à soldats – étaient devenus mentalement impraticables. Et vaines ces guirlandes de mots qu'on y accrochait d'ordinaire. Quelque chose d'électrique, de brutal circule désormais sur ces trottoirs où Raymond doit ruser pour prendre ses photos. Une tension sourde, un reproche indistinct nous entoure qui, plus d'une fois, nous conduit à deux doigts d'une bagarre. Les passants s'irritent de notre curiosité, des hommes et des femmes tendent le poing vers l'objectif du Leica. J'entends des phrases murmurées sur notre passage : « Regarde ! Ils profitent de nous. En France, ils gagneront du fric avec ça. »

Une exaspération flotte alentour comme un gaz et nous ramène plus souvent qu'autrefois vers le refuge de l'hôtel Ali Sabieh. S'en irriter n'aurait pas grand sens. Sommes-nous chez nous ici ? Je pense à un aveu griffonné par Leiris : « L'Afrique n'a pas

Djibouti, la rue d'Éthiopie…

besoin de moi. » Djibouti a-t-il besoin de nous ? Cette dérobade, ce refus, ces regards qui se détournent viennent après tant de malentendus et tant de dédains ! Ils trahissent une blessure, accompagnent une dévastation intérieure qu'il faut tâcher d'affronter l'œil ouvert. Ils nous obligent, en somme, à tout recommencer au début. Patiemment. Modestement. Mot à mot. Comme s'il fallait réapprendre à regarder Djibouti et l'Afrique tout entière.

À commencer par la splendeur des femmes... Pourquoi mentir ? Nous ne sommes pas plus malins que d'autres. Sur la jetée qui longe le palais de la présidence, sous les arcades de la place Ménélik ou dans les ombres du *Magalla* nous suivons des yeux ces filles somalies ou éthiopiennes, droites et minces dans un ruissellement d'étoffes, avançant d'une même démarche lasse, regard lointain et promesse de chair brune en transparence sous le *diré*. Des pires taudis, des plus boueuses fondrières, elles surgissent sans taches ni faux plis, triomphant des salissures et des ordures, comme étrangères à ce qui les entoure, capables de traverser toutes les fournaises et poussières de la place Rimbaud, un coin de châle accroché à leur paume tatouée de *kadab* et tenue distraitement à l'épaule. Quatre ou cinq générations de *farendj* (Européens)[1] auront été pétrifiées comme nous le sommes encore par cette féminité différente,

1. *Le terme* farendj *est utilisé dans toute la corne de l'Afrique pour désigner le Blanc. On ignore souvent qu'il signifie textuellement le « Franc » et fut introduit au Moyen-Orient et dans la corne à l'époque des croisades.*

par la proximité insaisissable de ces Djiboutiennes aux poignets de cristal, par cette lenteur appliquée du moindre geste qui évoque le tremblé d'un mirage.

Sur toute l'histoire de Djibouti aura flotté une sempiternelle exaspération de désirs que chacun, au fil du temps, conjura à sa façon : lyrisme déclamatoire des écrivains, célébration de la « troublante Afrique », grivoiseries coloniales ou canailleries de garnison et jubilations sans chichis des clients de bordel. « Il est impossible de ne pas mentionner les fameux bars à *naïas*, où de splendides Éthiopiennes firent le bonheur de générations de marsouins et de légionnaires[1]. » Telle quelle, la messe paraît dite...

Mais l'est-elle vraiment ?

Le soir, sous la véranda de l'hôtel Ali Sabieh, je retrouve un jeune poète afar au regard brillant. J'aime sa douceur et sa fièvre. Il est mon ami. Pour marquer nos retrouvailles, il a recopié, en les calligraphiant, ses derniers poèmes. L'un d'eux, crépitant de désirs et de douleur, est dédié aux « femmes qui s'immolent ». Nous l'emporterons avec nous comme un message...

Tu brûlais, tu brûlais, tu brûlais !
Et quelle odeur cette fumée envahissant
Le port, le quai... les boutiques
Un quai de port, la mer et les hommes
Échanges en transe
Ton corps en plaque tournante et cela avait remué
Les odeurs, la plage muette.

1. *Numéro spécial du journal* Raid *de septembre 1995.*

Ces vers que Chehem Watta m'invite à lire sous les néons de l'hôtel Ali Sabieh ne procèdent pas d'une déraison de l'imaginaire ou d'une ivresse de poète. C'est un reportage au sens exact du terme. Évoquant une jeune morte de Tadjourah, et sans doute un amour *(Et nous étions ensemble dans l'emblème du soir…),* il détaille à voix basse ce que tout le monde préfère taire à Djibouti. Des jeunes femmes, chaque année, s'arrosent d'essence et s'immolent en silence, bras levés sur la tête. Au détour d'une conversation, il arrive qu'on sursaute. « Les deux sœurs de Fatouna se sont tuées », m'a dit un ami l'autre matin. Sans insister. Mais quoi ! Ces même *naïas* « splendides » que les caporaux rigolards dévisagent dans les salons de l'hôtel de l'Europe peuvent flamber soudain comme des torches, agenouillées dans la pierraille de la République. J'écoute Chehem me commenter ce long poème, les « seins nappés de pétrole », « le feu qui encercle les cils » et « ces violences à vomir ».

Le texte est transparent. Ces femmes qui brûlent sous la fournaise du ciel meurent d'une blessure de l'âme dont le pays tout entier porte les stigmates et garde le secret. Sans une parole, elles crient à tous ce que nul n'ose évoquer devant l'étranger : l'impasse tragique, le mal-être absolu que ne suffisent plus à guérir ni le *khat* gloutonnement brouté ni l'alcool ni la violence ni l'argent des corruptions. Elles brûlent d'être captives d'une contradiction cardinale que chaque détail exprime dans ce Djibouti-terrain-vague, prison sans fenêtre, souterrain fermé dont le feu, seul, les délivre. Elles brûlent comme les garçons de leur âge s'enivrent de départs imaginaires vers l'Ontario, l'Acadie ou le Manitoba. *No way...* Un journaliste djiboutien, Ali Moussa Iyé, parle du « déboussolement généralisé dont souffrent les peuples de la région ». Un déboussolement et un piège. Avec ses deux mâchoires...

Première mâchoire : depuis longtemps, la « modernité », comme on dit chez nous, balaye le pays de sa tempête. Djibouti est raccordé à tous les tumultes, à toutes les libertés, à toutes les licences du monde. Aujourd'hui, les caravanes rassemblées au fond des oueds ou les boutres en partance vers Aden ou Berbera transportent plus de magnétoscopes ou de cassettes vidéos que de sel arraché au lac Assal. Les jeunes gardiennes de chèvres que l'on croise vers Tadjourah ont un baladeur aux oreilles et connaissent le dernier succès techno. De la bouche d'une princesse de bidonville aux oreilles piquées d'or, il arrive que tombent des commentaires espiègles sur *Hélène et les garçons* ou un refrain de Michael Jackson.

Adieu pays « fascinant », oublié sous les tropiques, adieu fantasmes de *farendj* ! Le temps de la tricherie exotique est passé. Mentalement, Djibouti évolue dans le même cyberespace que le reste du monde, dans cette même lueur bleutée des télévisions, œil borgne ouvert jusque dans les masures de Balballa ou la brousse de Dikhil. Chacun vit ici – mais virtuellement – dans l'évidence libertaire de la *world culture*. Et chaque année, cette bourrasque souffle plus fort, exacerbant les rêves mais cadenassant les solitudes.

Deuxième mâchoire : elle savait bien, la jeune morte de Tadjourah, que, dans le même temps, toutes les violences d'autrefois retrouvaient paradoxalement leur empire. Jeunes filles au sexe cousu, tyrannie du père et mère trop soumise que suffit à nourrir un Thermos de thé, mariages convenus et rites recommencés, pruderie affichée et viols impunis, non-dit étouffant, fillettes offertes pour quinze francs dans l'obscurité des quartiers et sida galopant que l'on combat par l'incantation pudibonde[1]. (« Abstinence et fidélité pour protéger la famille. ») À chaque assaut de la modernité répond un cran resserré dans la tradition et s'impose un repli communautaire plus impérieux : de la nation à l'ethnie, puis à la tribu, au clan, au sous-clan, à la famille. L'infiniment petit dressé contre l'infiniment grand.

Le temps est passé où les jeunes lycéennes partaient en guerre contre l'infibulation, militaient à visage découvert ou osaient s'abandonner à d'imprévisibles amours. Retour de flamme. Et rappel sans appel : la femme est un butin. Comme autrefois, nul n'hésitera plus à se moquer du *silmabdety* à la vigueur insuffisante. Par ce terme, les Issas désignent le jeune marié qui, dans les douze jours suivant le mariage, n'aura pas su maintenir béante la plaie ouverte dans le sexe de son épouse. Gare à celui dont la virilité paresseuse, incapable d'empêcher la cicatrisation, fera rire tous les clans !

Quant à la plaie qui saigne…

Voyez donc ces deux mâchoires qui se referment sur une jeune beauté prise au piège du « déboussolement ». Et comprenez que, passée la dernière plainte adressée

1. Statistiques de 1995 : quarante mille séropositifs sur trois cent cinquante mille habitants, soixante-huit pour cent parmi les prostituées.

à la mère qui n'en peut mais, elle saisisse un bidon plein d'essence...

Tadjourah ce jour a perdu son centre magique
Et son superbe nubile.
Les hommes ont goûté des revers de fierté nulle.

Message reçu, Chehem.

La dérive des continents

Nous passons un temps fou à déployer des cartes sur les tables de café. Raymond aime promener son doigt sur des itinéraires possibles, longer la mer Rouge, franchir des montagnes et recompter, posément, les kilomètres. À Djibouti, qui est notre point de départ, nous examinons une à une toutes les cartes amenées de Paris. C'est devant elles que nous subissons en quelque sorte une première leçon. Car ces documents *sont devenus faux* dans la corne, non point dépassés par l'Histoire mais rattrapés par elle. Ce qui est fou.

Ailleurs, dans le reste du monde, chaque année qui passe voit se raccourcir les étapes et s'amenuiser l'espace. Le village global triomphe qui rétrécit le monde. Ici, c'est l'inverse. Partout autour de nous, qu'on regarde vers l'ex-Somaliland britannique, l'Éthiopie, l'Érythrée ou la République de Djibouti elle-même, les distances se creusent, les destinations se font hasardeuses tandis que s'étire à l'infini le temps nécessaire au moindre voyage. Pour aller à Obock, juste de l'autre côté du golfe, nous avons dû louer un petit avion à Zivraj Prahbhudas, l'un des commerçants livreurs de *khat*. Quant à rejoindre l'ancienne frontière éthiopienne par la côte afar et le Ras Doumeira, il serait absurde d'y songer. Le port d'Assab, quasi mitoyen de Djibouti, n'est même pas accessible par téléphone sauf si l'on passe par… l'Europe.

Il faudra en rabattre. L'étape que nous rêvions de faire au cap des Aromates (cap Gardafui : sept cents kilomètres) se révèle plus aventureuse qu'une traversée du désert de Gobi. Même l'antique port de Zeila (où rembarqua Rimbaud sur sa civière), immédiatement après la frontière somalienne, est inaccessible aux *farendj,* pour cause de querelles à la mitrailleuse entre tribus issas, issaqs et gadaboursi.

Le repli n'est pas seulement culturel. Tout conspire à une fragmentation nouvelle, à un éclatement physique de l'espace en autant d'archipels refermés sur leur solitude et leur étrangeté. Les guerres, bien sûr, le brigandage, les *check points* et l'évanouissement – ou l'éclatement sanglant – des États, mais aussi la ruine progressive des routes, l'avalement des radiers par la crue des oueds ou les séismes, l'inexorable digestion des anciens rubans d'asphalte par le désert, le triomphe final du caillou et du sable, le repli des sultanats ou des fiefs vers leur irrédentisme précolonial. Retour à l'éternité mystérieuse des caravanes cheminant sur des itinéraires très anciens aux haltes obligées, réseau arachnéen qu'il faudrait deviner sur le palimpseste des cartes. Et, sans cesse, les percements de pistes annoncés en fanfares, ces victoires proclamées et ces « routes de l'unité » financées du dehors et solennellement inaugurées se trouvent aussitôt vaincues par une sorte de pesanteur minérale qui, d'une façon ou d'une autre, efface l'Histoire.

Au sens propre du terme.

Un matin, à Djibouti, nous tâchons d'organiser avec le chef d'exploitation du chemin de fer djibouto-éthiopien notre départ prochain vers Addis-Abeba. Mes yeux s'arrêtent sur une antique carte de la corne, suspendue derrière le bureau du fonctionnaire : une carte des années 1930, façon scolaire, analogue à ces planisphères colorés de Vidal de Lablache où nous apprenions à compter toutes les taches roses de l'empire français. Avec sa Somalie (franco-anglo-italienne) partagée en trois morceaux, et son Érythrée clairement distincte de l'Éthiopie, cette carte est *redevenue* exacte. À l'automne 1995, la Somalie est effectivement pulvérisée et l'Érythrée n'est plus éthiopienne. Il faudra nous habituer à cette idée : l'Histoire peut marcher à l'envers.

En toute logique européenne – ou même coloniale – nous serions à une journée de voiture de Mogadiscio, quelques heures d'Assab, moins de vingt-quatre heures d'Addis-Abeba. Ces hypothèses de route étaient encore raisonnables voici dix ou vingt ans ; elles paraîtraient folles aujourd'hui. Devant nos cartes, nous voici d'autant plus songeurs que ce grand retour du lointain, cette dérive des continents ne sont pas propres à la corne. Raymond vient de zigzaguer pendant de longs mois dans le reste de l'Afrique pour y tourner un film. Le soir, il me parle de cet ensablement nouveau, de ce même compartimentage géographique qui éparpille le continent en autant d'îlots étrangers l'un à l'autre. En Angola, au Zaïre, au Tchad et ailleurs, il a dû s'en remettre aux vols du PAM (programme alimentaire mondial) qui, mois après mois, maintiennent sur l'Afrique un maillage plus fragile que le vent.

Pour dire la vérité, cette dilatation de l'espace ne gêne pas notre voyage. Nous sommes revenus dans la corne sans hâte particulière ni projets millimétrés.

Et puis tous ces territoires, toutes ces provinces, toutes ces villes qui s'éloignent en remontant le cours du temps et ces repères effacés invitent le plus ardent voyageur à la modestie.

Ce n'est pas si mal…

La chanson sous les ruines

Ce qui ne change pas, c'est ce rapport ambigu – amour-haine, exaspération-plaisir – qui, pour quelque temps encore, nous retient dans l'ancienne Côte française des Somalis. Nous devrions être partis vers l'Abyssinie ; nous étouffons dans l'ingrate fournaise ; Raymond couve je ne sais quelle grippe équatoriale. Malgré cela, nous nous attardons – un jour, un autre jour encore – dans cette antichambre. Nous buvons du Coca glacé, arpentons les quartiers et faisons halte aux terrasses. Hier déjà, les choses étaient ainsi. Djibouti figurait une vaste oreille collée à la porte de l'Abyssinie, un purgatoire où chacun acceptait de mijoter plus longtemps qu'il n'eût fallu, un canton rassurant de la francophonie qui mêlait un commencement d'Afrique à un provincialisme rappelant Sanary-sur-Mer, Romorantin ou Perpignan. Chez soi et ailleurs en même temps. On prenait goût, dans le fond, à ces étranges va-et-vient sur un timbre- poste.

Il y a – au moins – trois planètes ici.

Le Club nautique, l'ambassade, la librairie du père Arnaud, les jardins d'Ambouli, les plages de Doralé ou du plateau du Serpent, c'est évidemment la planète des Blancs. C'est le Djibouti sous-préfecture dont se moquait Nizan et qui, dorénavant, se recroqueville autour d'une pesante nostalgie, se déglingue doucement, comme un palais d'outre-mer

… et la rue de Paris.

que la vraie vie n'irriguerait plus. Comme à Nouméa, Papeete ou Fort-de-France, quelques grandes familles gèrent encore avec vitalité l'héritage d'un aïeul aventureux : les Marill ou les Dellaquila, les Gleize, les Riès… Pour le reste, la planète des Blancs gravite mélancoliquement autour du temps disparu. On nous y invite comme à l'accoutumée, on nous y cajole et, malgré tout, nous y tenons notre place. Nous avons d'ailleurs apporté deux cravates. Monsieur l'ambassadeur sait vivre, le nouveau commandant des forces françaises s'enquiert avec tact des susceptibilités locales, les toubibs ont toujours, à table, des histoires de 4 x 4, d'ensablements mémorables ou de pêche au gros à raconter.

Vous reprendrez bien un peu de barracuda, monsieur Guillebaud ?

Nous ne boudons pas notre plaisir et nous sacrifions au chichi. Après tout, le chic ultramarin de Djibouti n'est pas plus ennuyeux qu'ailleurs. Et puis, l'armée française a tant changé – parole d'honneur ! – qu'on se prend à goûter cette netteté des casernements et ces joggings intrépides dans les touffeurs du petit matin. Ce monde colonial est devenu aimable d'avoir perdu son pouvoir et son rang. Il se sait en sursis, posé à la surface d'un pays dont il n'a plus à gérer – directement – ni les manigances ni les calculs. Son premier réflexe n'est plus d'autorité arrogante mais d'influence précautionneuse et de tutelle circonspecte. L'époque est révolue de ces dîners de galas dans les jardins du haut-commissariat qui voyaient la maîtresse de maison tirer sur la laisse d'un guépard bien élevé tout en recevant ses invités.

Objectera-t-on que cela n'est qu'affaire d'apparence dans une république pour rire vivotant sous perfusion du Trésor français ? L'objection est sans vraie portée. En matière de colonialisme, l'apparence n'est pas rien, ni le ton qu'elle assigne au quotidien. La preuve : durant la guerre opposant les Afars au pouvoir issa (1991-1993), la France se trouva prisonnière d'un embarras qui parlait de lui-même. Comment ne soutenir personne ? Comment ruser entre arbitrage tutélaire et non-ingérence ? Toute la planète des Blancs bruit encore de ces effrois subits et de ces atermoiements révélateurs. Une très ancienne sympathie pour les Afars[1] se trouvait en conflit avec un réalisme qui, au bout du compte, l'emporta. On a visiblement appris ici à marcher sur des œufs.

La deuxième planète nous est ouverte chaque fois qu'on nous reçoit à la présidence ou quand des notables de l'opposition nous invitent, après mille détours en Toyota, à de longues palabres sur les coussins d'un salon. Notaires, avocats, fonctionnaires issas ou afars, nous connaissons la plupart d'entre eux, même si le sort les a séparés en factions hostiles : le pouvoir et ceux qui s'en plaignent. Tous voudraient nous impliquer dans des querelles probablement capitales mais qui – cette fois – ne sont pas notre sujet. Comme autrefois, ils égrènent leurs griefs, comptabilisent les injustices de la presse internationale et nous lisent parfois des communiqués. L'un d'eux nous murmure

1. *Jusqu'à l'indépendance, concédée en 1977, la France s'était appuyée sur les Afars minoritaires dont elle se proclamait la protectrice, contre la poussée des Issas appartenant à la grande famille somalie et qui, très tôt, réclamèrent l'indépendance.*

un soir : « Je me souviens de chaque ligne parue dans la presse française, des préférences ou des trahisons de chaque journaliste. » Cette mise en garde me ramène bien loin en arrière. Il ne fut jamais simple ici de distinguer les grands mouvements de l'histoire africaine sous les tragi-comédies d'un chef-lieu de canton.

Aujourd'hui, tout cela paraît bien vain. Djibouti baigne dans une atmosphère crépusculaire qui ne prête pas à sourire. Fin de règne du patriarche-président et manœuvres de palais pour l'héritage, désarroi opaque, cynisme affleurant sous la rhétorique des discours. Un même quant-à-soi sans scrupule réunit, quoi qu'ils disent, les politiciens de tous bords. On se bat pour des profits cachés, pour le contrôle d'une route ou d'un trafic, pour d'inavouables rétributions. Partout gagne une corruption qui jette dans les artères de la ville ces Toyota, Pajero ou Range Rover aux chromes astiqués. Un principe de dissolution généralisée est souterrainement à l'œuvre dans cette petite république minée par la piraterie politique. Et la piraterie tout court. Sur la mer Rouge et l'océan Indien, les boutres aux plats-bords polychromes ne trafiquent plus seulement sur les armes ou l'alcool, les cigarettes ou la vidéo. C'est sur les réfugiés qu'on « fait » désormais ses meilleures marges dans cette corne livrée aux tueurs en *technicals* [1] et aux *madmax* surarmés. Souvent, sur les côtes djiboutiennes, l'armée française recueille les passagers à demi morts

1. *Voitures tout terrain équipées d'une mitrailleuse lourde. Elles se sont « illustrées » durant les combats en Somalie et les massacres du Rwanda.*

d'un boutre en détresse. Le capitaine s'est enfui après paiement. Combien de corps charrie encore l'océan Indien, entre Berbera et Assab ? Et combien de rêves dévorés par les requins ?

Je ne sais trop ce qu'il adviendra de ce périmètre sans horizon où l'argent ne s'inquiète plus de sauver les apparences, que ronge le crime et la violence, que submergent cent vingt mille réfugiés accourus du désert, que sillonnent tous les 4 x 4 de la bonne conscience humanitaire et que les muezzins invitent à la repentance. Mais je sais que les politiciens locaux qui parlent de « processus décisionnel » et d'« ajustement structurel » y flottent déjà aussi loin du réel que les Blancs eux-mêmes. Comme si, dans le fond, la distance se rétrécissait entre la première colonisation et la seconde qui s'appropria l'héritage.

De la troisième planète, en revanche, que connaît-on au juste ? Celle du menu peuple et des villages de brousse ; celle des familles et des clans refermés sur leurs secrets ; celle qui vibrionne dans les bidonvilles et palabre à l'infini quand vient l'heure du khat et du Coca… De ces quartiers misérables mais qu'assiège la vie, de cette compassion obstinée, de ces longues berceuses que murmurent les mères afars ou issas, de ce grouillement têtu et magnifique qui pourrait parler sinon deux ou trois *farendj* d'exception et quelques religieuses de terrain ? À bien écouter, un chant paraît monter, là-bas, qu'il faudra entendre un jour. Écrivains ou poètes, chanteurs ou musiciens, jeunes gens diplômés et chômeurs[1], tous dissidents qu'un

1. En 1995, le taux de chômage dépassait quarante pour cent.

même dégoût a détournés de la politique apprennent lentement, patiemment, à prêter leur voix à ceux qui n'eurent jamais la parole. Peut-être n'y a-t-il plus qu'une seule question sérieuse à Djibouti : celle que posait André Malraux en débarquant au Québec en 1967.

« Que disent les poètes ? »

Ils disent :

« Pourquoi nous plaindre nous autres ombres, sombres zombies nyctalopes, alors que nos responsables et phares de la Nation se sont enfuis avec rien de moins que la caisse de l'État. [...] Rien à l'horizon, rien derrière nous : nous sommes les enfants du néant. [...] Nous sommes des funambules sur le fil de l'ailleurs. Notre monde est en déliquescence avancée et dégage des gaz délétères. Nous aussi, nous cherchons en vain le lieu et la formule[1]. »

1. 1. *Abdourahman A. Waberi, Le Pays sans ombre, op. cit.*

Un train vers l'empire...

Puis nous quittons Djibouti...

Un matin, à la pointe du jour, nous partons à toute petite vitesse vers l'Éthiopie. L'horizon est encore pourpre et violine au-delà du golfe de Tadjourah, des îlots Mouchât et Maskalli, du *Ghoubet-Al-Kharab* (le Gouffre des Démons). Contournant la ville en tressautant sur des rails disjoints, nous longeons d'affreux vides jonchés de ferrailles, des collines de vieux emballages et d'ordures. Des hommes sont allongés partout, à l'abri d'un carton ou sans abri du tout. Le sifflet du train chasse des vaches ou des dromadaires qui s'écartent sans hâte. C'est ici, brièvement entrevues, l'arrière-cour de la ville, les coulisses pathétiques du « pays sans ombre » que va griller tout à l'heure un soleil coupant, disent les Issas, « comme un tesson de bouteille ». Des enfants nous saluent en courant, essoufflés, à côté du convoi. *Farendj ! Farendj !*

Dans le bonheur qui nous habite, il entre celui de la fuite, de l'arrachement à la désespérance. Soulagement ? Dans tout voyage, vient ce moment où prévaut un détachement égoïste, une insouciance qui, tout simplement, va... Nous sommes calmes ce matin-là, enfin livrés à la providence. Cette lente ascension ferroviaire vers l'Éthiopie [1] n'est pas seule-

1. 782 kilomètres entre Djibouti et Addis-Abeba, dont 100,6 en territoire djiboutien.

ment un trajet insolite mille fois raconté, un « marronnier » du journalisme africain promettant assez de péripéties virtuelles – contrebande, déraillement, banditisme, embuscades d'un front de libération – pour que chaque visiteur puisse broder sur le thème de « l'aventure ». (Et Dieu sait si cela fut fait depuis un siècle !) C'est surtout une providentielle initiation à la réalité éthiopienne, une introduction des sens et de l'esprit à cet improbable empire des montagnes, ce mythique pays des *Habashas* perché sur les cimes et que les peuples de la région – toujours – regardèrent avec un peu de crainte.

Qu'on l'aborde par les pistes du Soudan, par la corniche abrupte quittant Massaoua ou par les basses terres du Kenya, la symbolique même de l'Abyssinie demeure incompréhensible si l'on n'éprouve pas dans son corps, dans ses reins, cette fondamentale *inaccessibilité*. Toute l'Histoire éthiopienne et jusqu'à l'identité de ce pays demeurent liées à cette idée de « lointain » ou de « hauteur » qu'on ne saurait atteindre sans efforts. L'avion pour Addis, dans cette affaire, est source de malentendu. C'est par la terre qu'il faut monter péniblement vers l'ancien royaume du prêtre Jean. Ce Chemin de fer djibouto-éthiopien est encore le meilleur choix, lui qui suit, mètre après mètre, un vieux parcours de caravanes ; lui que les Issas prirent pour *Firhoum* et *Iblis* (le diable crachant le feu) au point de massacrer les ouvriers travaillant sur les voies.

Jamais je n'y fus contraint, mais toujours, j'ai préféré et vécu avec le même profit ce lent, très lent cheminement vers Addis-Abeba au départ de Djibouti.

Holl Holl, premier arrêt…

… le train roule doucement…

Nous avons casé nos bagages dans la locomotive et Raymond, Leica à la main, s'est posté en embuscade sur un marche- pied.

L'ébranlement du convoi a été laborieux, interrompu par d'insolites grésillements et courts-circuits dans la motrice. L'usure du temps, les guerres successives, la misère et les révolutions ont amené ce train historique[1] à un stade de délabrement qui emplit d'amertume tous les cheminots djiboutiens ou éthiopiens formés à l'école de la CGT française. Ces hommes, conscients d'incarner une aristocratie ouvrière, sourcilleux sur le chapitre du règlement, tiennent à bout de bras une bringuebalante caravane que, partout ailleurs, on eût envoyée à la casse. Dans les années 30, chacun s'émerveillait du luxe un peu kitsch des wagons de première classe avec toilettes privées, ventilateurs orientables, lourds rideaux festonnés et glacières individuelles. Aujourd'hui, le train doit de rouler encore à un concours d'astuces, de bricolages et d'ingéniosité têtue qui vaudrait, à lui seul, que l'on fît le voyage; l'indiscutable noblesse du travail et du chant des hommes que célébrait Nazim Hikmet...

Un petit peuple de marchands à la sauvette, trafiquants de khat[2], femmes et fillettes encombrées

1. Décidé en 1889, le projet de ligne entre Djibouti et Addis-Abeba aboutit, en 1894, à la création d'une Compagnie impériale du Chemin de Fer éthiopien mise en liquidation cinq ans plus tard et remplacée par la Compagnie du Chemin de Fer franco-éthiopien de Djibouti à Addis-Abeba. La ligne complète fut inaugurée en 1917.
2. Commerce quotidien dont la rentabilité est assez faible. À Dire Daoua, en Éthiopie, la botte de khat *vaut trois cents francs-Djibouti, elle sera revendue mille FD à Djibouti.*

… dans ces vieux wagons en bois…

… tout le monde trouve sa place…

de cabas, s'est casé dans les cinq wagons mangés par la rouille, après mille négociations querelleuses et pugilats pour rire. Au fil des gares, s'ajouteront les *koutoublé* (voyageurs clandestins) que traqueront – mais sélectivement – Mahmoud Awalé, notre conducteur et le jeune Awad Ali Guiré, inspecteur adjoint. On aurait bien tort de voir dans cet entassement cafouilleux l'image convenue d'une anarchie de la misère. Sous cet apparent désordre, un ordre règne. Chaque détail de l'embarquement, chaque place assignée dans les wagons, les accès au toit eux-mêmes, obéissent à des règles – et rapports de force – d'une immuable précision. Ce qui est pour nous une « aventure » n'est pour ces femmes que la routine d'un travail. Elles montent vers l'Éthiopie chargées de pâtes, de riz, de farine ou de savon ; elles en redescendront dès demain avec des légumes ou du grain. Et telle matrone somalie qu'on croirait affalée au hasard d'un wagon occupe en réalité « la » place qui lui revient depuis plusieurs années et dont sa fille, à coup sûr, héritera.

Partons, Raymond, partons...

Y a-t-il, ce jour-là, une qualité particulière du monde ? Obéissons-nous à cet esprit d'enfance qui ouvre les portes ? Je n'en sais rien. Mais passées les premières gares où se bousculent les marchandes d'eau et les chèvres, après Holl Holl qui somnole près de son inquiétant viaduc, au-delà des poussières de Dasbiou, Ali Sabieh et Aïcha, nous profitons d'une halte pour grimper sur le toit d'un wagon où toute une foule est agrippée. Notre voyage va s'en trouver changé. L'arrivée incongrue[1] des deux *farendj* sur les tôles ondulées

… à l'intérieur ou sur le toit.

du toit déclenche d'abord un charivari de fous rires que le temps – à force – apaisera. Avons-nous l'air si fous ? Les nécessités de la photographie ne rendent-elles pas plausible notre présence au milieu des plus pauvres ? Raymond est monté le premier, sous les applaudissements. Je n'ai fait que le suivre.

Comment décrire ce qui, dès lors, se produit ? C'est en heures qu'il faut compter, en heures étirées sous l'aplomb du soleil, dans les saccades du convoi ; en longues étapes qui s'additionnent, sur ces tôles brûlantes où chacun se cramponne jusqu'à ce qu'une même hébétude gagne les uns et les autres, dissipant, à force, les dernières gênes, les timidités ou les sottes prudences. Contre ma jambe, un homme s'est lourdement endormi, un chiffon rabattu sur le visage. Il grogne parfois, lorsqu'un cahot plus fort ébranle le wagon. Trois jeunes filles oromos[2], dont les châles flamboient sous l'effet de la vitesse, rivalisent de chatteries, sourires appuyés, plaisanteries incompréhensibles aux *farendj*. Nul complexe ne les embarrasse plus. Elles peuvent se blottir contre l'un de nous, effleurer posément son bras, planter leur regard dans le sien, puis s'esclaffer et se dérober en repliant une mèche que le vent dérange. Petites vendeuses de khat, elles ont roulé tout près d'elles de grands sacs de toile plastifiée,

1. Au début du siècle, les wagons de troisième classe étaient interdits aux Blancs. Aujourd'hui encore, il est rarissime que ceux-ci s'y aventurent. Alors le toit… Un autorail, en meilleur état que le train, est plutôt réservé aux « riches » et aux rares touristes.
2. Les Oromos (ou Gallas) forment l'ethnie majoritaire, mais marginalisée, de l'Éthiopie.

bleue, récupérés sur le marché de l'aide alimentaire. Parfois, sur un signe échangé, elles chantent à tue-tête en cherchant notre regard. Ce flirt qu'elles entreprennent au vu de tous n'est pas un calcul ni une stratégie. Il participe de l'ébriété du voyage et accompagne un beau tumulte de poussière. Nous faisons bel et bien « cause commune ».

Quand le train fait halte dans des gares torrides et blanches, tandis qu'une foule de vendeurs et vendeuses assaille notre voiture, alors que chacun s'ébroue et se secoue sur le toit, lèvres sèches, visage tiré par le soleil et le vent, nous offrons du Coca ou du Sprite à nos plus proches compagnons. Les jeunes filles oromos négocient ces menus achats pour notre compte, avec une énergie criarde. Puis elles nous récompensent en prenant doucement notre main dans les leurs. Nous voilà complices. Et fiancés pour rire...

Puis, peu à peu, une torpeur gagne le train que le soleil assomme. Sur le toit, les yeux se ferment. Plus personne ne chante ni ne rit. L'une des vendeuses oromos s'est endormie accrochée à mon bras. Sans un mot, elle se pelotonne pour s'abriter du vent et je ne bougerais pour rien au monde. Raymond a rangé son appareil. Épaules contre épaules, jambes contre jambes, nos corps accompagnent le rythme éprouvant du train. Qu'importe ! Nous sommes enchevêtrés dans un écheveau de désirs inavoués. Nous somnolons dans une demi-conscience heureuse. Nos yeux s'entrouvrent et se perdent aussitôt dans d'aveuglants déserts que la chaleur, là-bas, rend flous. Très loin au sud, s'inscrit de temps en temps le pointillé d'une caravane qui descend vers Zeila.

L'horizon se transforme. Aux étendues basaltiques et noirâtres de la République, aux touffeurs monotones de la plaine de Galilée, succèdent des escarpements caillouteux qui évoquent les Aurès algériens ou l'Arizona. On traverse, après Hadagalla, d'immenses plateaux de sable tôlé où les termitières sont alignées comme des sentinelles. Puis nous passons des gorges, enjambons des oueds, gravissons des corniches où peine la motrice, négocions des virages dans un crissement de freins serrés. À mesure que l'altitude augmente, des signes de vie apparaissent : touffes d'herbe, arbustes en feuilles, bref éclat d'une source.

Tout à l'heure, nous avons culbuté un dromadaire trop lent et le chef conducteur a noté l'incident sur son « bulletin de traction » réglementaire, imprimé sur papier vert amande. Plus tard, dans un rude fracas, nous heurterons un rocher tombé – ou posé ? – sur la voie. La péripétie sera enregistrée elle aussi.

Maintenant, le soleil s'est abaissé sur l'horizon. Les rochers rosissent. Une inimaginable fraîcheur nous gagne. La jeune fille oromo, emmitouflée dans ses étoffes, se presse un peu plus contre moi et sa joue touche mon épaule. Machinalement ? Peut-être bien... Dans *L'Afrique fantôme,* Michel Leiris se défend de succomber à l'exotique attrait des femmes. Mais il confesse, malgré tout – dans une simple note de bas de page – l'unique « geste déplacé » qu'il se soit permis en avril 1933. « La main sous la *chammas*. Et je me souviendrai toujours de l'entrecuisse humide –, humide comme la terre dont sont faits les golems. »

Aussi loin que porte le regard on voit le vert gagner sur le gris. Voici d'abord, sur cent ou deux cents mètres, des pâturages posés comme de rares oasis au milieu des pierres, des rassemblements de chèvres et de moutons à tête noire ; des escadrons de dromadaires dont les silhouettes bossues se découpent sur le mauve du ciel. Sur les poteaux télégraphiques veillent de gros busards tachés de blanc que le fracas du train ne dérange plus. Puis viennent les zébus gras et lents, les prairies véritables, l'Abyssinie...

L'obscurité est complète lorsque le train s'arrête à Chebellé, dernière gare avant Dire Daoua. De part et d'autre de la voie, d'innombrables boutiques sont éclairées par des ampoules nues. Des haut-parleurs crachotent cette musique suraiguë qu'on entend partout en Éthiopie. Dans l'obscurité, on perçoit des bousculades, un fouillis de marchandages et de balluchons ; on entend des cris et des mains qui tambourinent sur la tôle des wagons. Nos amies oromos se sont prestement levées. Elles rassemblent leurs sacs en s'interpellant. Il n'y a plus de sourire ni de douceur sur leurs visages, que durcissent encore les lumières de la motrice. Elles ont déjà sauté à terre pour disparaître dans l'obscurité, leurs sacs empilés sur le dos. Sans un signe, sans un au revoir. Petites marchandes à la besogne, petites fiancées envolées...

C'est bien comme ça.

Dire Daoua est tout près. On devine, droit devant, les lumières de la ville. Quand le train repart dans l'épaisseur de la nuit, nous sentons accourir vers

Passage de la frontière.

nous quelques odeurs identifiables : le beurre fondu, l'Eucalyptus un peu sucré, l'*injera*[1] aigrelette, le gingembre poivré et le café qu'on grille sur le seuil des maisons.

Vois, Raymond, même dans le noir nous reconnaissons l'Éthiopie...

1. *Crêpe de* tef *sur laquelle on dispose un ragoût épicé (le watt) et qui constitue le plat national éthiopien.*

Dire Daoua : le temps qui dure

Pourquoi cette excitation immédiate, au juste ? Pourquoi cette même impatience accompagne-t-elle, dès le matin, nos premiers pas sur les trottoirs de Dire Daoua ? La veille encore, à l'hôtel Ali Sabieh de Djibouti, Raymond avait reçu un fax de Claudine, adressé à nous deux. De Paris, elle transmettait les dernières statistiques des Nations unies, publiées par *Le Monde* et classant l'Éthiopie au dernier rang des pays les plus pauvres de la planète. Oui, la dernière place, en toute fin de liste, loin derrière le Soudan, le Bénin ou le Bangladesh… Dans le langage des chiffres, cela donne pour l'automne 1995 un revenu annuel de cent vingt dollars et une espérance de vie de quarante-cinq ans. À cette misère statistique, il faut ajouter les symptômes d'une pathétique *régression* historique : en 1950, la ration quotidienne d'un Éthiopien était de deux mille quatre cents calories ; en 1992, elle était inférieure à mille neuf cents. Nous étions prévenus : en cahotant sur ce train djibouto-éthiopien, c'est vers les pauvres d'entre les pauvres que nous repartions.

Alors quoi ? Cette joie de déambuler dans Dire Daoua, première ville du Harar éthiopien…

Autrefois, les mille détails que nos yeux ou nos oreilles *reconnaissent* m'eussent semblé sans impor-

Dire Daoua, la messe le dimanche.

tance, accessoires, subalternes. Lorsque j'arrivais ici en journaliste, c'est-à-dire en quête d'informations tangibles et cavalant derrière le temps court de l'actualité, le « folklore » éthiopien m'agaçait un peu. J'y subodorais je ne sais quel mensonge. L'insistance du régime impérial à disserter sur l'épopée salomonienne, le soin mis à ressasser les généalogies et les récits avantageux du *Kebra Negast*[1] (le Livre de la gloire des rois) ; la servilité compassée des érudits occidentaux que je rencontrais dans les parages de la cour, tout cela me détournait d'une légende aux arrière-pensées idéologiques trop évidentes. L'un de ces spécialistes de l'Éthiopie – un éminent universitaire français – était d'ailleurs venu me voir à l'Éthiopia Hôtel au printemps 1974, tout au début de la révolution. Avec beaucoup de commisération, il m'avait adjuré de rentrer chez moi, de ne plus perdre mon temps dans un pays où, assurément, il ne se passait rien qui « ne fût sous le contrôle de Sa Majesté l'Empereur ». Peu de temps après la destitution du négus, en septembre de la même année, j'étais tombé sur un texte de lui, paru dans *Addis Soir*. Avec la même majesté académique, il y exprimait son allégeance au nouveau régime marxiste-léniniste. La « science » des « éthiopisants » de palais m'en imposait déjà moins.

Le temps a passé. Mes curiosités ont changé. Peut-être ai-je changé moi-même… Dans les salons

1. Ouvrage rédigé au XIIIe siècle, au tout début de la dynastie salomonienne des amharas, et censé établir l'authenticité des prétentions généalogiques de celle-ci.

désuets du Ras Hôtel, dans les gargotes où nous commandons de l'*injera be watt,* dans ces cafés aux sols inondés de mazout (contre les cafards et les mouches), jusque dans les maisons où l'on nous invite, nous sommes troublés de retrouver ces signes ténus qui « font » l'Abyssinie. La cérémonieuse politesse de la syntaxe *amharique* ; cet air de mystère oblique et les chuchotements d'une langue exagérément subtile ; le cérémonial du moindre repas ; l'application à l'impassibilité de nos interlocuteurs et jusqu'aux gestes légers qui ponctuent, du bout des doigts, chaque conversation ; ces formules interrogatives qui chantent, légères et pointues, dans la bouche des femmes... Rien de tout cela n'a changé mais rien ne nous paraît plus si folklorique. L'Éthiopie est à coup sûr le dernier pays du monde mais elle n'est pas *que* cela. Elle demeure – comme l'Inde ou le Japon, peut-être – un univers en soi, une culture autonome, une substance qui, bon gré mal gré, résiste au temps. Et aux chiffres.

Ici, d'ailleurs, l'oublierait-on, nous ne sommes pas le 27 octobre 1995 mais le 17 *meskerem* 1988. Dans les cafés, toutes les affichettes l'attestent. À la suite de divergences irréductibles sur la date de la naissance du Christ, le calendrier éthiopien accuse depuis l'origine un retard de sept ans et huit mois sur le nôtre. Chaque année y est divisée en treize mois (douze de trente jours et un de cinq ou six) que rythment une infinité de fêtes et périodes liturgiques scrupuleusement observées. Le décompte des heures lui-même, calqué sur quatre « collections » monastiques, n'obéit pas aux horloges qui règlent, partout au-dehors, la marche du monde.

Est-ce vraiment sans importance ?

Dans l'après-midi, une dame amhara nous a conviés chez elle à la cérémonie du café. Dans ce pays qui, dit-on, l'inventa, le *bouna* (café) est un lent rituel minutieusement codé. Du *medadja* (réchaud à braise) à la *jabana* (cafetière de terre cuite noire), du *gilgra* (trépied à encens) au *rekebot* (plateau rectangulaire), chaque ustensile obéit à une forme et à des gestes précis. De même, sont désignées par des noms successifs les trois cafetières dont l'invité doit goûter le contenu (sous peine d'impolitesse) ou encore le tapis de feuillage qu'il est d'usage de disposer sur le sol pour « apaiser l'esprit ». De la torréfaction des grains qu'il faudra présenter, fumants, aux narines de chaque invité puis piler à la main, de l'allumage du feu aux infusions successives, la dégustation prendra bien deux heures, même dans une famille pauvre. Il serait inconvenant de trouver le temps long. De même qu'il ne viendrait à l'idée d'aucun Amhara bien élevé de bâcler la confection de l'*injera be watt* ou d'omettre de poser sur le guéridon d'osier qui fait office de table une carafe de *tedj* (hydromel).

Cette absolue fidélité aux traditions va de soi en Éthiopie.

Le soir venu, au Ras Hôtel, nous trouvons tout le monde – portiers, femmes de chambre, cuisiniers ou jardiniers – dans un grand affairement. À la réception, des tapis de roseaux ont été disposés ; devant l'entrée, un bûcher a été préparé et, partout dans la ville, montent des rumeurs de procession. Les Amharas chrétiens de Dire Daoua – minoritaires – fêtent le *Maskal* (exaltation de la croix). La cérémonie, placée sous le signe du feu, n'est pas sans rappeler notre fête et nos feux de la Saint-Jean. On insiste aussitôt pour que nous participions à l'allumage d'un brasier dont chacun surveillera l'écroulement : de bon ou mauvais augure, selon la direction. La fête et les cantiques se prolongeront tard dans la nuit.

***

Ni Raymond ni moi ne sommes portés vers cette sorte d'exotisme. En temps normal, nous détestons l'exaltation des « différences » et des coutumes (femmes girafes de Birmanie, cavaliers de la toundra et *tutti quanti*...), cet obscène *marketing* du voyage qui feint de réenchanter le monde pour mieux le vendre. Or nous voilà modestes et presque repentants, bouleversés de retrouver l'Éthiopie plus éthiopienne encore que nous l'avions laissée. Et pourquoi donc ?

Parce qu'elle sort, cette fois, d'une incroyable tourmente ! Parce que vingt années de violences et de langue de bois, vingt années de flicage, de terreur et de « matérialisme scientifique » qui promettaient d'en finir avec la « légende éthiopienne » semblent avoir glissé sur ce pays comme l'eau sur l'argile. À table, des amis amharas nous racontent comment les faisaient rire en secret les slogans prolétariens que des responsables en survêtements les invitaient à chanter ; d'autres insistent sur la consubstantielle vulgarité de la rhétorique révolutionnaire en usage dans les *kebellés* (associations de quartiers), ou même sur les cris d'horreur qu'inspirait à leurs parents le vocabulaire du camarade Menguistou. Entre la structure même de la langue *amharique* et l'agressive pauvreté sémantique du patois révolutionnaire, une incompatibilité profonde se révélait.

Peut-être y a-t-il dans ces protestations d'opposition rétrospective un peu de facilité ? Peut-être les Amharas cruellement mis à l'écart depuis 1991 par le nouveau pouvoir (aux mains des Tigréens) en rajoutent-ils – par compensation – dans la célébration de leur propre culture ? Peut-être minimisent-ils cette destruction irrémédiable des familles, ce deuil d'une génération entière qui fut le vrai dégât de la révolution ? Il n'empêche qu'on doit prendre au sérieux cette fondamentale distance qui, tout autant que l'exaspérant formalisme des fonctionnaires abyssins dont se plaignait Leiris, a maintenu l'Éthiopie à l'écart de nos propres catégories mentales – celles des voyageurs, des missionnaires ou des soldats – en la protégeant des influences ; cette opacité culturelle contre laquelle s'est finalement brisé, en dépit des morts, des pelotons d'exécution et des camps, le projet « rouge ». Ici, le temps long a fini par triompher du temps court. Pour ces Abyssins qui furent chrétiens un siècle avant le baptême de Clovis[1], l'antique culture des moines l'emportait sur celle des commissaires ; le *Livre d'Henok* ou les *Paralipomènes de Baruch*[2] triomphaient des manuels marxistes en anglais simplifié que les idéologues du *Derg* (comité militaire) importèrent de Chine populaire vers 1975.

1. On considère que la conversion au christianisme du roi Ezana et de la maison royale d'Aksoum intervint au milieu du IV*e siècle. Chez nous, le baptême de Clovis date de 496.*
2. Deux exemples des livres bibliques complémentaires, dits « deutérocanoniques », que seule l'église éthiopienne tient pour inspirés.

Les trois déroutes

Cette idée de temps long, malgré tout, me tourmente.

Sur la terrasse mal éclairée du Ras Hôtel, face au poste de télévision qui rassemble, le soir, des messieurs en cravates, j'étale mes livres et mes dossiers. Les serveurs considèrent mon travail avec un étonnement distant. Peut-être me trouvent-ils abusivement studieux pour un « touriste » ? Il est vrai que ma propre boulimie, parfois, me paraît absurde. Ne vaudrait-il pas mieux repartir nez au vent sur les trottoirs, cueillant des images ou « piquant » des détails, butin léger du séjour ? Cette fringale de papiers – livres ou coupures de presse – a toujours ajouté à mes voyages je ne sais quel principe d'anxiété. Peur de se tromper, crainte de camper – ridiculement – à la surface des choses, dans la pure sensation ; angoisse de rater une perspective ou de passer, par ignorance, à côté d'une évidence ? Je n'en sais rien. J'ai toujours traîné avec moi plus de papier que de chemises ; j'ai veillé tard, dans les hôtels, penché sur des coupures de presse ou des livres qui n'apaisaient – jamais – ma crainte d'être ignorant. Comme si chaque lieu, chaque ville, chaque pays dissimulait une vérité essentielle qu'il me fallait débusquer sous peine d'échec impardonnable. Mes voyages n'ont jamais été de tout repos.

Il m'arrive de le regretter. Je ne m'en flatte pas. Voilà qui est dit.

En Éthiopie, cette inquiétude m'habita plus qu'ailleurs. Sur ce pays, des bibliothèques entières ont été écrites, un savoir se trouve accumulé dont l'ampleur m'intimidait. À quoi pouvait bien rimer de voyager ici en naïf ? Je riais de certains récits abordant cette grande affaire d'Abyssinie munis de candeur intrépide et d'ignorance. Mais quoi ! L'érudition des spécialistes ne m'irritait guère moins qui, à force, s'enivrait d'infinis recopiages subventionnés, se lestait de notes et bibliographies maniaques. Pendant des années, à propos de ce pays, j'ai campé tant bien que mal dans un « entre-deux » dont je ne tire aucune gloire particulière. Je n'étais pas assez savant pour être blasé mais trop bien renseigné pour m'ébahir innocemment.

Ruminant ces doutes, j'écoute ce soir-là les dialogues d'un téléfilm éthiopien (et non point hollywoodien, tiens !) qui semble tenir chacun en haleine. J'entends le vent qui agite les eucalyptus du parc. Des chiens aboient dans les rues sans éclairage de Dire Daoua.

Quelque chose défie l'entendement dans les rapports qu'entretient cet empire « à part » avec la modernité. Quelque chose qui ne se résume pas en un refus frileux à l'abri des montagnes. Voilà plus d'un siècle que naissent ici, puis tournent court, de grandes ambitions modernisatrices ; plus d'un siècle que des projets réformateurs sont entrepris et s'achèvent en déroutes. Dire Daoua n'est pas un mauvais endroit pour s'en souvenir.

En soixante années, les habitants de cette ville nouvelle et francophone, née du chemin de fer au siècle dernier, se seront trouvés trois fois de suite aux premières loges pour assister à l'écroulement d'un monde nouveau qu'ils avaient vu naître. En 1935, c'est par Dire Daoua et son chemin de fer que le jeune négus Hailé Sélassié, roi depuis 1928 et empereur depuis 1931, s'enfuit devant les troupes italiennes du général De Bono. Or les Italiens investirent dans cette conquête de l'Abyssinie, qui les vengeait d'une humiliation historique[1], bien plus d'énergie réformatrice et ambitieuse que ne le firent, ailleurs, Français ou Britanniques. Les routes percées en quelques mois, mais aussi les textes et les chansons d'époque en témoignent. Même s'ils répugnent à s'en souvenir, les Éthiopiens eux-mêmes n'ignorent pas qu'une bonne partie des rivaux de l'empereur et – surtout – des intellectuels locaux se réjouirent ouvertement, dans les années 30, de cette colonisation italienne qui promettait enfin d'arracher l'Abyssinie à ses archaïsmes.

Déroute, six ans plus tard...

En 1974, c'est d'ici que partit la révolte militaire qui allait emporter le régime impérial. La première manifestation d'indiscipline eut lieu dans cette vaste province du Harrargué dont Dire Daoua est la métropole. En janvier de cette année-là, des soldats de la troisième division cantonnée à Gode, face à l'ennemi somalien, prirent en otage un général envoyé

1. *La défaite italienne d'Adoua, en 1896, devant les troupes éthiopiennes de l'empereur Ménélik.*

d'Addis. Beleta Abebe, c'était son nom, fut contraint de manger la nourriture infecte et avariée qui faisait l'ordinaire de la garnison. Dès le mois suivant se leva la tempête qui allait emporter l'empereur. Or, avant de s'enliser dans un immobilisme sénescent, ce régime avait été, pendant plusieurs décennies, obstinément « progressiste » : écoles, administration, ouverture au monde, etc. Hailé Sélassié, le premier, s'était battu contre les conservatismes de l'aristocratie éthiopienne.

Déroute…

Enfin, c'est dans cette même région de Dire Daoua qu'en juin 1991 les soldats du négus rouge en retraite livrèrent leurs ultimes combats. L'Éthiopie prolétarienne, cette fois, s'écroulait. Or l'installation du pouvoir marxiste-léniniste au milieu des années 70 s'était accompagnée, elle aussi, d'un prurit de changement et de grand rattrapage historique. Je garde en mémoire le défilé du premier anniversaire de la révolution – en septembre 1975 – qui fit défiler dans les rues d'Addis-Abeba des cortèges de chars fleuris, exprimant plus lisiblement qu'un discours l'appétit de modernité : tours de contrôle d'aéroports, cheminées d'usine, locomotives… « Il n'y a pas encore de prolétariat ici ? Peu importe, nous allons bientôt en créer un ! », me répétaient les jeunes intellectuels marxistes rentrés de France pour se joindre à la révolution.

Déroute encore…

Chacun de ces effondrements ne marquait pas seulement l'échec d'un régime ou d'une dynastie. Il entraînait dans sa chute toute une mythologie fondatrice, conviait chacun à une énième réinterprétation de l'histoire et de l'identité éthiopiennes. En 1974, par exemple, l'empire ne fut pas seul à s'écrouler. La révolution s'empressa de reléguer toute l'épopée salomonienne au rang d'un mensonge manipulateur avant d'être, à son tour, dénoncée comme un bourrage de crâne. Trois fois en soixante années, quelque chose de très profond se détraqua ici qui renvoya l'Éthiopie vers l'examen jamais achevé de sa propre mémoire.

Un jour, à Harar…

Certains jours, nous serions bien en peine d'expliquer pourquoi et comment une même émotion nous réunit sans que nous nous soyons concertés. Le mot « émotion » est d'ailleurs abusif pour ce qu'il suggère de solennité un peu grandiloquente. Peut-être vaudrait-il mieux parler d'harmonie fugitive, d'apaisement, de douceur modeste. Un soir d'octobre, nous marchons sous les remparts de Harar, nous arrêtant de porte en porte, parlant d'instinct à voix basse. Les derniers paysans *errers* ou *argobats*[1] quittent la place du marché en poussant leurs troupeaux d'ânes. Des enfants chassent les oiseaux à coups de fronde au-dessus des champs de sorgho. Des chiens ébouriffés nous escortent en silence, à bonne distance. Raymond s'approche d'un puits pour photographier des paysannes dans leurs *chammas* de coton brodé. Passés les affairements du matin, la ville tout entière paraît s'engourdir, chacun ralentissant ses gestes et jusqu'à sa démarche.

Le soir s'installe.

Une belle tranquillité nous habite, sans rime ni raison. Tout voyage inclut, de loin en loin, ces

1. Tribus d'agriculteurs des environs de Harar qui, chaque jour, viennent vendre leurs produits sur le marché de la ville.

Harar, le lever du jour…

bonheurs fugitifs qu'on dirait simplement offerts dans l'écrin d'un instant. Pure subjectivité, sans doute, sans vrai rapport avec la volonté ou la réalité d'un lieu ; émergence inopinée d'une harmonie venue du dedans plus que du dehors. Mais pourquoi ce moment-là ? Existe-t-il malgré tout, dans ces instants précis, une qualité particulière de la lumière, une odeur d'herbe, quelques sons épars dans l'atmosphère dont nous enregistrons, comme à notre insu, le parfait agencement ? Avions-nous crédité cette ville mythique aux quatre-vingt-dix-neuf mosquées, ce beau ruban de remparts percé de six portes et ces masures agglutinées à l'orée du désert d'on ne sait quelle grâce particulière qui nous serait, tout simplement, restituée ?

Je n'en sais rien. Nous sommes heureux à Harar. Peut-être suffit-il de dire les choses comme cela ?

* * *

Ce même jour, un peu plus tard, nous bivouaquons au café Houassan Seguet, à proximité du *Fra Magalla* (le marché aux chevaux). Quiconque serait d'humeur chagrine pourrait juger repoussant cet établissement des années 50, rendez-vous des portefaix et des marchands. Le mazout répandu sur le sol agresse les narines, la musique est criarde et la décoration n'a sûrement pas été dérangée depuis un demi-siècle. Derrière le bar, trône encore une photo sépia de l'empereur Ménélik dans un cadre de bois. Des bouteilles d'*arake*, une horloge-réclame des bières *Meta* (brassées en Éthiopie), une publicité délavée pour les cigarettes Kent sont disposées sur des étagères

… premières lumières, premiers passants.

que surmonte un long feston de tissu bleu et rouge bordé de guirlandes poussiéreuses. Les autres murs sont ornés de peintures acidulées ouvrant sur des *toukouls,* des dromadaires et des mosquées.

J'imagine tout le parti ronchon qu'eût tiré de ce piteux décor un Evelyn Waugh[1] qui, en 1935, vint à Harar pour couvrir la guerre italo-éthiopienne et ne ménagea point ses sarcasmes à l'endroit de la quatrième ville sainte de l'islam. N'empêche ! Il en faudrait davantage, ce jour-là, pour assombrir notre humeur. Une humeur qui réfute, d'instinct, toutes ces mauvaises nouvelles assez convenues que chacun chuchote depuis deux jours à nos oreilles : insécurité, banditisme, rébellion larvée contre le nouveau pouvoir, pistes impraticables au-delà de Jijiga...

Bah ! Trop d'effroi serait idiot : en Éthiopie, il faut compter depuis toujours avec cette distance creusée entre les mots et les choses. Les nouvelles apocalyptiques dont cet empire « en voie de désintégration » ou « livré à l'anarchie » fait traditionnellement l'objet dans la presse internationale sont – toujours – à la fois un peu vraies et complètement fausses. Tel « combat acharné » qu'on signale en province se réduit souvent à un bref échange de rafales ou d'obus ayant endommagé une maison. Et le reste à l'avenant. Mais il arrive, malgré tout, que l'on meure pour de bon. Un chercheur américain[2] se plaignait jadis de ce pays « dont il est impossible de dire la vérité »...

1. *Evelyn Waugh,* Waugh en Abyssinie, *Arléa, 1988.*
2. *Marjerie Perham,* in *Jacques Bureau,* Éthiopie : un drame impérial et rouge, *Ramsay, 1987.*

En 1973, lorsque je vins enquêter sur la famine – dans une Volkswagen de location – l'ambassade d'Éthiopie à Paris distribuait encore, sous forme de prospectus bilingues, des recommandations à tout candidat au voyage. Il y était précisé qu'un trajet en dehors de la capitale nécessitait impérativement une escorte d'au moins sept soldats ! Sur place, évidemment, tout le monde s'esclaffait. *Vers les terres hostiles d'Éthiopie,* écrivait déjà Monfreid au début des années 30. Cette thématique avantageuse du danger récurrent et des périls affrontés en Abyssinie dure depuis un siècle. Aujourd'hui encore, elle produit bon an mal an deux ou trois livres ou reportages « baroudeurs », et quelques autres tartarinades.

C'est ainsi.

L'avant-veille, au Ras Hôtel de Harar, nous avons fait, à ce sujet, une rencontre qui parlait d'elle-même : un couple de touristes espagnols. Dans ce vieux palace sans clients, ils paraissaient épouvantés par leur propre audace. Nous les avons vus piétiner près du bar pendant trente-six heures d'horloge – et sans risquer un pas au-dehors – dans l'attente d'un guide accouru d'Addis-Abeba pour les escorter dans la ville. Les employés de l'hôtel contemplaient cette très excessive angoisse avec une curiosité polie.

En savourant au café Houassan Seguet la douceur du soir tombant sur Harar, en répondant aux clients qui, immanquablement, nous prennent pour des Russes ou des Allemands de l'Est, nous n'avons pas l'impression de braver la mort. La vérité, c'est que Harar est plus délabrée que jamais. Tout ici évoque les lendemains de défaite, l'héritage d'une débâcle.

L'ancien village de vacances de l'armée française qui fut, en 1977[1], affecté au cantonnement des contingents cubains, n'est plus qu'une ruine méticuleusement pillée par ses derniers locataires. À l'abandon également les bâtiments de l'école chrétienne Ras Makonnen. En dehors de la ville, vers le sud, l'Ogaden et la Somalie, les pistes délaissées débouchent sur des immensités que nulle autorité ne gouverne plus. Les anciens parcs nationaux, territoires de chasse et réserves à éléphants, désertés par la vie et jonchés de mines retournent à leurs friches énigmatiques.

Les décombres et la décrépitude ont gagné tous les quartiers de la vieille ville. Quant aux édifices publics d'importance, les plus récents datent des années 60, comme cette arche de béton surmontant la *Douk Bar* (porte principale) qui fut inaugurée en 1963. Jusqu'à 1991, elle se trouvait affublée des portraits de Marx, Engels, Lénine, Brejnev, Menguistou et Fidel Castro. Rien de moins…

Les portraits ne sont plus là mais politiquement le climat est aussi fragile que jadis dans cette ville jalouse de son identité et accoutumée à gérer un équilibre incertain entre les Amharas (aujourd'hui dépossédés), les Oromos et les autochtones hadaris. Le soir venu, lorsque nous rentrons vers l'hôtel en remontant l'avenue principale, nous croisons les *technicals* des nouveaux maîtres tigréens qui, mitrailleuse en batterie, patrouillent dans cette ville

1. C'est à l'automne 1977 que l'URSS et Cuba volèrent au secours de l'armée éthiopienne attaquée par la Somalie dans le désert de l'Ogaden et lui permirent, après de durs combats, de retourner la situation à son profit.

secrète où la politique reste une passion. Des nouveaux maîtres dont l'appellation officielle – *EADIG* [1] – sonne elle-même comme un rébus.

Pas plus que les fois précédentes nous ne percerons tous les mystères de Harar. Pour dire la vérité, nous nous en fichons bien...

1. Ethiopia Esbotch Abyotawi Democratiawi Ghembar *(Front révolutionnaire démocratique des peuples éthiopiens).*

Nous retrouvons le même bonheur…

… à déambuler dans les petites rues et à observer…

Nefertiti impératrice

Un matin, à Harar, Raymond opère sur la place du marché, non loin de *Bab el-Nasri* (La Porte de la Victoire). Bizarrement, c'est la surabondance qui pose problème ce jour-là. Un excès de pittoresque à ce point généreux qu'il décourage la curiosité : le fouillis des étoffes, breloques d'argent, étals d'épices ou de calebasses, les visages de femmes blanchis au *irdi,* les mosquées minuscules à une croisée de venelles, les caravansérails profus, petits chevaux harnachés de cuir ou flamboiements d'étoffes… Il y a dans cette superfluité même quelque chose de désarmant pour l'œil et pour l'esprit. De loin, je devine à ses gestes, aux hésitations de son parcours ce que peut être l'embarras d'un photographe.

Surgit alors une apparition.

Avec tout le sang-froid du monde, nul ne pourrait contempler cette image sans oublier tout le reste. Conduisant trois ânes chargés de grain, une jeune femme en tunique écrue traverse la foule. Elle n'a pas beaucoup plus de vingt ans. Elle marche pieds nus dans la poussière, droite, très cambrée dans l'évidence de sa propre grâce. Ses petites nattes tirées sur le front et ramenées en éventail autour de la nuque évoquent – comme la coiffure *shiruba* des paysannes du Tigré – les reines égyptiennes de l'époque pharaonique. Elle ne porte aucun bijou. Raymond a remarqué cette femme dont l'éclat fait pâlir tout Harar.

Contre toutes ses habitudes, machinalement, il suit pas à pas la jeune paysanne pour la photographier. Celle-ci a vu le manège. Elle se dérobe, presse le pas, détourne la tête, s'abrite derrière un pan de mur ou bien, ostensiblement, se fond dans la foule sans plus se soucier de ses ânes laissés à l'écart. Raymond insiste, se rapproche, ruse à son tour. Une sorte de *jeu* s'organise que la foule alentour finit par repérer. Surprise ! À la différence de ce qui arriva en d'autres lieux aucune animosité ne s'exprime à notre endroit. Bien au contraire. Paysans, marchandes et passants s'amusent d'une traque si bien réglée. On encourage le photographe, des plaisanteries fusent que nous ne comprenons pas. Une bienveillance générale, en tout cas, nous fait escorte.

Puis la scène devient très belle.

Se lasse-t-elle d'être poursuivie ? Entre-t-elle dans le jeu pour obéir aux conseils qu'on lui prodigue ? La jeune femme s'immobilise soudain et, changeant d'attitude, se plante devant l'objectif de Raymond, les deux poings sur les hanches, le regard droit. Avant même que nous réalisions ce qui se passe sur ce marché de Harar, la foule a déjà fait cercle autour du photographe et de son modèle. Tous deux sont désormais face à face dans une petite arène. Un grand silence se fait tandis que, posément, Raymond presse le déclencheur de son Leica. Néfertiti ne bronche pas.

Qu'allons-nous faire ensuite ? Balourd, je m'approche de la jeune femme pour lui glisser dans la main un billet de dix birrs. Ce n'est pas glorieux, peut-être obscène, comment savoir ? Mais dans notre dos, éclate alors un grand charivari d'applaudissements. Femmes

… les jeunes paysannes avec leurs « chammas »…

… et leurs robes de coton brodé.

et hommes, enfants et vieillards, tous ovationnent la belle en félicitant l'artiste. Impériale, toujours aussi droite, Néfertiti esquisse un sourire. Puis elle pivote sur elle-même et retourne d'un pas tranquille vers ses trois ânes chargés de grain.

Qu'ajouter encore ? Ce soupir échappé à Nizan dans *Aden Arabie* : « Quelle patience eût-il fallu pour gagner et connaître cette femme assise dans le jardin de Gézireh, le long du Nil... »

Harar : Émile et Arthur

Ici, Rimbaud nous agace.

Dans cette ville rescapée de tant de guerres ou révolutions que le premier visiteur venu y fait figure d'événement, on nous jette sans cesse à la figure le nom du « passant considérable ». *Ato Rimbo* [1] eût enragé lui-même de se voir gratifier, à Harar, d'un statut comparable à celui de la Tour Eiffel ou du Sacré-Cœur. Les guides improvisés, toujours en embuscade près de la Porte Principale, assurent tous en savoir davantage sur la « vraie » géographie rimbaldienne de la ville.

Cette application à cultiver un emblème intégré au patrimoine local prend un tour cocasse dès qu'il s'agit de la fameuse maison. Au centre de Harar, une belle bâtisse indienne à volets sculptés et moucharabiehs fait office, depuis des années, de « maison d'Arthur Rimbaud ». Personne n'est dupe de la tricherie : la demeure fut construite bien après la mort du poète. N'empêche ! C'est elle qu'imperturbablement l'on visite et photographie, après avoir laissé quelques birrs aux pauvres gens qui la squattent. C'est là qu'on vient – parfois – tourner des films. Et c'est elle encore dont, pieusement, l'UNESCO subventionne l'entretien !

Du père Émile Foucher, en revanche, on ne parle plus guère. C'est bien dommage ! Ce doux capucin de

1. *Monsieur Rimbaud » en* amharique.

la mission catholique, installé depuis trente-trois ans à Harar, s'obstinait à retrouver la *véritable* maison de Rimbaud. Étude des cadastres et des généalogies de propriétaires, interrogatoires patients des anciens... Tout au début des années 90, ayant localisé une masure derrière les bâtiments du ministère de l'Agriculture, Émile Foucher pensait toucher au but. Restait à triompher des bureaucraties locales et des incomparables désordres municipaux pour aller vérifier posément quelques pièces de cadastres stockées dans un hangar fermé à double tour. Le père Émile n'obtint jamais la clé du hangar. Harar est têtu.

Le samedi 12 juin 1993, il fut victime d'une crise cardiaque et transporté d'urgence à Dire Daoua. Le lendemain dimanche, un hélicoptère français conduisit le malade vers l'hôpital militaire de Djibouti. Extraordinaire rendez-vous à un siècle de distance ! L'appareil, ce jour-là, survola l'épouvantable itinéraire de cailloux et de sables qu'avait emprunté, en mars 1891, un Rimbaud crucifié par la douleur sur une civière qu'il avait lui-même dessinée.

Émile Foucher est mort le lundi 14 juin à Djibouti. Son corps a été rapatrié à Harar et enseveli sous les eucalyptus du cimetière catholique de Saint-Anthony.

À deux cents mètres de la « maison Rimbaud ».

L'argent

La misère de l'Éthiopie fait de nous des milliardaires, voilà la vérité. Nous déambulons dans ce pays avec une grosse liasse de dollars sanglée autour de la taille et qui nous affranchit – magiquement – de toutes les pesanteurs locales. Comment notre humeur ne s'en trouverait-elle pas faussée ? Quoi que nous fassions, quoi que nous ressentions, nous demeurons comme suspendus au-dessus des tracas ordinaires, aériens, demi-dieux en somme. Un repas nous coûte le prix d'un timbre et une chambre d'hôtel celui d'une place de cinéma. Ni la sincérité de nos élans, ni la bienveillance de nos inclinations pour ce pays ne sont en cause ; disons seulement qu'elles partent d'un point de vue confortable.

Vieil embarras du voyageur...

Il a longtemps empoisonné ma vie de journaliste. Plus jeune, j'entrais d'assez mauvaise grâce dans cette identité ambiguë de clochard des Hilton ou de témoin assuré tous risques. Je n'ai jamais aimé ce confort rendu obligatoire (le télex, le téléphone, les dépêches à envoyer, les conférences de presse...) qui m'enfermait – à Dacca, Téhéran ou ailleurs – dans la forteresse tragiquement identique des hôtels internationaux, avec *continental breakfast* le matin et *room service* à disposition. Oh, je ne faisais entrer dans cet agacement aucun angélisme moral !

Je n'étais pas tourmenté par une conscience malheureuse ou par le sentiment d'une faute. Quelle faute d'ailleurs ? Non, c'est l'absurdité *technique* de la situation qui m'irritait. À tous les filtres, à tous les obstacles, à tous les malentendus culturels ou psychologiques qui, déjà, rendaient difficile d'accès la réalité d'un pays – ou la vérité d'une crise – s'ajoutait cette imbécile et suave quarantaine. Paradoxe des paradoxes : les nécessités quotidiennes du journalisme m'exilaient – à contre-temps – derrière la frontière invisible de l'argent. C'était malin !

Raymond connaît tout cela. Nous en parlons souvent mais sans plus de lamentations. C'est peut-être ainsi qu'on vieillit. Dans tout pays pauvre, c'est vrai, l'argent est un malentendu cardinal. Aujourd'hui, nous tâchons simplement de nous en accommoder. Au demeurant, faire vœu de pauvreté, jouer aux routards, dormir sur les bancs ou aller à pied réjouirait notre âme mais compliquerait notre emploi du temps. Nous n'y songeons guère. Dans cette Abyssinie qui ignore les cartes de crédit ou les chèques de voyage, il arrive même qu'un mauvais rêve assaille l'un d'entre nous. Il vaut, à lui seul, tous les aveux. Que se passerait-il soudain si, dans quelque village loin de tout, nous perdions cette méchante bouée de papier – nos dollars ! – qui nous tient si commodément hors de l'eau ? Nous nous imaginons aussitôt étendus sur un chemin, détroussés, plus pauvres que les plus pauvres... De quelle compassion ou, au contraire, de quelle cruauté serions-nous l'objet ?

Le soir à l'hôtel, l'un de nous peut bien s'esclaffer en voyant l'autre recompter ses dollars avec l'application d'un marin vérifiant l'état de la coque. Tantôt c'est Raymond, tantôt moi. Rien n'est simple...

Mais ce n'est pas tout. En Éthiopie, la matérialité de l'argent, sa substance même suggèrent je ne sais quelle omniprésence, ontologique, de la misère. La valeur du birr est si faible qu'elle nous oblige à gonfler nos poches de liasses épaisses. Ces liasses n'ont pas seulement l'inconvénient d'encombrer nos pantalons, elles sont plus odorantes qu'aucune monnaie ne le fut. Le cérémonial de l'*injera be watt* que chacun mange avec ses mains en plongeant ses doigts dans les épices finit par imprégner chaque billet de banque d'une teinture poivrée et d'une odeur tenace.

Or ce parfum de l'argent éthiopien décroît avec la valeur des billets. Les plus grosses coupures, celles que le menu peuple touche rarement, ne sentent guère. Les petites, en revanche, exhalent aussitôt dépliées toutes les odeurs plébéiennes du pays, celle des marchés et des trottoirs. Jusqu'au plus profond de nos poches, une hiérarchie olfactive demeure quotidiennement stockée, prête à nous faire remonter au nez la moutarde de l'injustice.

Jour après jour, en tout cas, nous entretenons des rapports très physiques avec cet argent-là. Les billets verts de un birr (0,70 F) sont toujours fripés et pelucheux, maculés de *watt,* puant le berbéri et le piment rouge. Leur consistance est molle comme celle d'un vieux buvard et leurs bords sont effrangés. Ils vont toujours par liasses compactées à l'extrême. Ordinairement, ils suffisent à payer quelques bouteilles d'*Ambo* (eau gazeuse locale), plusieurs *bounas* ou Coca glacés. Les billets de cinq birrs (oranges) ou ceux de dix birrs (rouges), un peu moins chiffonnés, valent pour une dépense, disons petite-bourgeoise : une course en taxi, un repas ordinaire, etc. Avec les coupures bleu clair de cinquante birrs (35 F), on accède déjà à une sorte de classe moyenne monétaire, proprette, presque inodore et soigneusement rangée : mettons, deux chambres d'hôtel provincial ou un bon repas à plusieurs. Reste, infiniment plus rares, les billets violets de cent birrs (70 F), parfaitement lisses et rigides au toucher[1]. Eux sont dignes et sans taches. On ne les sort pas de sa poche sans imposer, partout alentour, un indiscutable respect.

Quant aux menues pièces – dix, vingt-cinq ou cinquante centimes – elles servent à faire la charité dans les rues ou, si l'on y tient, à s'acheter quelques grammes de *kolo* (blé grillé) dans un cornet de papier journal.

L'argent garde une odeur forte dans ce pays qui en possède si peu. Et il y pèse lourd ! Quand les paysans amharas du Choa ou du Godjam pleurent un parent disparu, il est fréquent que l'un d'eux psalmodie sans relâche cette troublante métaphore : *genzébé ! genzébé !*

« Mon argent ! Mon argent ! »

1. Le salaire d'un enseignant est d'environ cinq cents birrs.

Le temps des princes

Il arrive aussi que tout s'inscrive sur un seul visage.

Pour continuer vers Addis-Abeba, nous grimpons un matin d'octobre dans cet autorail exigu que les Italiens appelaient *littorina* dans les années 30. Dans chacune des voitures, plusieurs soldats ont pris place, vêtus d'uniformes approximatifs : Kalachnikov à l'épaule, grenades et double chargeur dans un étui de carton bouilli à la ceinture, veste kaki mais souliers noirs à bouts pointus et pantalon fantaisie. Celui qui veille à mes côtés est un tout jeune garçon aux traits fins, aux poignets menus et aux sourcils imperceptiblement froncés. Il évoque plus le maquisard maigre et musclé descendu des montagnes d'Aksoum ou Mekele (Tigré) que le soldat régulier venu de sa garnison. Il n'achètera jamais rien aux arrêts du train et grignotera stoïquement ses rations de combat : biscuit sec et marmelade en conserve. Précautionneux avec les passagers, il paraît mal à l'aise. Le regard dur mais fuyant, il impose un semblant d'ordre avec nervosité.

Nous allons vivre de longues heures côte à côte.

Entre Dire Daoua et Addis, la présence de ces soldats en armes se justifie par une insécurité qui ne date pas d'hier. La voie ferrée longe ici les confins de l'Empire qui ne furent colonisés qu'au siècle dernier par l'empereur Ménélik et le pouvoir amhara. Les

Somalis ou les Oromos qui peuplent ces territoires n'ont que très formellement fait allégeance au pouvoir central et aux grands colons amharas – les *balabats* – qu'Addis-Abeba installait sur place. Presque toujours, plana sur ces quatre cents kilomètres entre Dire Daoua et Addis la menace des *shiftas* (bandits) ou des Fronts de libération qui, en Éthiopie, ne s'en distinguent jamais très clairement. Coupures de routes, attaques du train, prises en otages des autobus...

Depuis l'effondrement du régime communiste, l'insécurité s'est (provisoirement ?) accrue tandis que reculait l'autorité centrale. Elle a surtout revêtu une signification régionaliste particulière. Le visage du jeune soldat debout dans mon compartiment affiche donc, d'étape en étape, des jeux de physionomie plus politiques qu'il n'y paraît.

Hurso, Errer, Kicket, Afdem, Moulou, Mieso, Kora : jusqu'à la vallée de l'Awash, les gares misérables où nous faisons halte appartiennent au pays somali. L'adjectif « misérable » a-t-il encore un sens ? Il faudrait un autre mot pour désigner ces quelques baraquements sans portes ni fenêtres, posés dans le vide du désert, ces esplanades empoussiérées où se bousculent des femmes venues vendre trois oranges ou un ananas, ces agglutinements au pied des wagons et ces cohues que l'on sent juste en deçà de l'émeute. De loin en loin, les façades ébréchées portent encore, peinte au pochoir, la même inscription subversive dont les lettres palissent : *WSLF (Western Somali Liberation Front)*. Des hommes s'approchent pour échanger quelques phrases avec le mécanicien du train. Sans douceur excessive.

Quelques passagers clandestins...

… des militaires escortent le train.

Chaque arrêt est une épreuve dont nous délivre le lent, le très lent redémarrage du convoi. Le jeune soldat fait face aux assauts d'hommes et de femmes qui cherchent à se glisser dans l'autorail. Ses efforts – repousser un adolescent vers le marchepied, chasser un enfant, écarter le plateau en osier que brandit une femme – expriment tout à la fois la raideur intraitable et la circonspection. Une brusquerie de trop, un geste appuyé et fusera peut-être une violence requérant l'emploi des armes. Et puis, c'est en silence qu'il accomplit sa besogne ; à l'évidence, il ne parle pas la langue des paysans qui l'assiègent. Lorsqu'il s'aventure à prononcer quelques mots en amharique, les Somalis lui répondent avec une agressivité immédiate. Je suis bien incapable de suivre ces échanges mais le ton parle de lui-même. « Retourne chez toi ! Fous-nous la paix ! » Ou quelque chose d'approchant...

Ici, tout de même, un peu de politique s'impose.

En réalité, le jeune soldat est un *EADIG*, c'est-à-dire un ancien maquisard tigréen venu de fort loin vers le nord mais incarnant désormais le pouvoir central. Les Éthiopiens qui n'ont pas la mémoire courte ont d'ailleurs exhumé un très ancien vocable pour désigner ces ex-rebelles du FPLT (Front populaire de libération du Tigré) : ils disent les *woyanes*. C'est ainsi qu'on appelait, dans les années 40, les paysans tigréens révoltés contre l'empereur (amhara) Hailé Sélassié revenu de Londres dans les fourgons de l'armée britannique. Or ces *woyanes*, aujourd'hui en charge de l'État, n'ignorent pas qu'ils sont très minoritaires en Éthiopie. Ils y exercent leur autorité du bout des doigts, avec une fermeté calculée au plus juste, ce qui n'exclut pas de sporadiques mais dures répressions.

Depuis 1991, les Tigréens installés au pouvoir ne s'y maintiennent donc qu'au prix d'une souplesse vigilante. Poignée de maquisards en quête d'autonomie, les voilà en charge de l'empire tout entier ! Un empire composite, un inextricable patchwork de peuples, langues, cultures et nationalités dans lequel les Tigréens, par le nombre, ne pèsent que le poids du vent. Comment régner en défiant à ce point l'arithmétique ? Le jeune *woyane* du wagon qui résiste pied à pied – les traits tendus – aux assauts des va-nu-pieds somalis symbolise assez bien l'immémoriale ambiguïté éthiopienne.

En déclarant vouloir instaurer un nouveau « fédéralisme ethnique », décentralisé à l'extrême, respectueux des identités nationales et linguistiques, en annonçant que ce nouveau « printemps des peuples » pourrait servir de modèle à l'Afrique tout entière, les Tigréens rompaient spectaculairement avec l'obstination unitaire qui avait été celle du Négus et de son successeur « rouge »[1]. Mais choisissant de « desserrer » le centralisme, ils faisaient surtout de nécessité vertu ! Mieux vaut gouverner à l'aune de sa force, pas davantage.

Grands perdants de l'affaire, les Amharas, dont la langue et la culture s'identifient depuis sept siècles à

1. Votée en décembre 1994, la nouvelle constitution éthiopienne reconnaît aux neuf principales « nationalités » du pays le droit à l'identité culturelle, voire à la sécession.

l'identité abyssine, se virent rétrogradés au rang d'une nationalité *parmi d'autres*. Déjà pénalisés sous Menguistou, ils furent – et ils restent – les premiers à protester contre cette « désintégration de l'Éthiopie ». La presse internationale n'est pas en reste, dont l'appétit de logique bute obstinément sur le rébus abyssin. Voilà quelques années – et surtout depuis l'indépendance de l'Érythrée – qu'on annonce partout dans le monde l'émiettement terminal de l'ancien empire.

Terminal ? L'adjectif est imprudent.

L'Éthiopie, en vérité, conjugue la plus extrême diversité de langues et d'ethnies (quatre-vingt-dix peuples !) avec une indéfinissable cohérence. Comme demeurent diaboliquement imprécises mais bien réelles les frontières de cet ensemble abyssin. Au grand désespoir des chancelleries, il n'est pas faux de dire que cet étrange pays existe tout en n'existant pas. De tels paradoxes ne peuvent se résoudre de façon rationnelle ; tout au plus peuvent-ils se réarticuler sans relâche dans l'infinie durée de l'Histoire. Au gré des époques, l'une des faces de ce Janus abyssin prévaut temporairement sur l'autre et le destin de l'Éthiopie fait alterner les périodes de contraction – centralisation musclée, reprise en main par l'autorité – avec de longs relâchements régionalistes. Déconcertant mouvement d'accordéon dont la régularité historique n'exclut ni les violences ni les affrontements de circonstance.

Depuis la chute du négus rouge et la fin du « national-marxisme », l'Éthiopie est assurément entrée dans un cycle d'éparpillements identitaires.

À chaque arrêt, des jeunes femmes proposent…

… aux voyageurs des bananes, des poulets.

Mais ce n'est pas la première fois. En amharique, une expression très ancienne désigne ces périodes durant lesquelles les « pays » reprennent provisoirement le pas sur l'empire : *Zamana mezâfint*, le « temps des Princes [1] ».

* * *

Le jeune soldat qui veille sur la sécurité des *farendj* imagine-t-il de quelles supputations sa propre anxiété a fait l'objet ? Il est vrai que celle-ci ne s'apaise pas au fil des kilomètres. La nuit tombe lorsque notre train s'engage, à toute petite vitesse, dans le parc national de l'Awash qui n'est qu'à mi-parcours. L'état des voies et les débordements du fleuve rendent plus précaire que jamais la progression. C'est au pas d'un vieillard que la *littorina* s'aventure nuitamment sur un ballast miné par les ravinements et gondolé comme celui d'un manège de foire. Des chocs retentissent sous le train ou de longs crissements, ceux d'un rocher sur les tôles. Penchés au-dehors nous interrogeons vainement la nuit. C'est à peine si l'on aperçoit, sous une maigre lune, l'étendue d'eau qui noie jusqu'aux petites gares.

Serons-nous jamais à Addis ?

Le jeune *woyane*, prestement debout à chaque arrêt du train, se pose d'autres questions. Sa nervosité inchangée face aux hommes qui surgissent de la nuit

1. *L'expression est inspirée des vingt périodes ou « temps » qui rythment l'année liturgique éthiopienne et qui vont du* Zamana Yohannes *(le temps de Jean) au* Zamana Gohë *(le temps de l'aurore). Pour les historiens, le dernier « temps des Princes » en Éthiopie est allé de 1765 à 1855.*

pour se hisser sur les marchepieds du train l'indique assez bien. Nous ne sommes plus en pays somali mais oromo. Cela ne vaut guère mieux. Les Oromos n'ont pas tous rallié le nouveau régime, loin s'en faut. Eux aussi entretiennent un Front de libération fidèle à la tradition des *shiftas*, c'est-à-dire du banditisme politisé. Et puis, en matière de rançonnements et pillages, la réputation de l'Awash n'est plus à faire. La nuit sera longue.

Mais nous dormirons.

On ne peut pas être sur tous les fronts…

Après le pont sur la rivière Awash…

… c'est le buffet de la gare.

La fleur submergée...

Addis-Abeba !

En voyage, la première impression est-elle la bonne ? Si cela est vrai, les circonstances de nos retrouvailles avec la « nouvelle fleur »[1] ne présagent rien de bon. Il est deux heures du matin quand l'autorail, après dix-huit heures de trajet, atteint la capitale. La gare est noyée dans l'obscurité et le froid. Sur le quai, au pied des wagons, des policiers munis de longues triques de bois attendent les voyageurs pour les convoyer – au pas de course – vers une salle d'où gicle la clarté lugubre d'un néon. Là-bas seront minutieusement fouillés les sacs, balluchons et cartons boursouflés qui emplissaient le train. Nous échappons, quant à nous, à la rudesse de l'accueil. Mais dehors, sacrebleu, le décor n'est pas gai !

De marchandages en marchandages dans une nuit grelottante nous atterrissons dans une Fiat 1500 des années 60 qui s'engage aussitôt sur Churchill Road à tombeau ouvert. D'instinct, j'écarquille les yeux pour chercher mes repères dans cette ville où j'ai si souvent

1. Addis-Abeba *signifie, en amharique, la « nouvelle fleur ». La capitale fut fondée à la fin du siècle dernier par l'impératrice Taïtu, épouse de Ménélik, à proximité du camp militaire impérial d'Entotto. Sa création correspondait à la volonté de recentrer la capitale de l'empire après les conquêtes de Ménélik et l'extension des frontières vers le sud.*

Addis-Abeba, le matin.

marché. La poste, là-bas, l'hôtel Harambee et le Ghion, le café Rendez-vous… Mais le vague à l'âme, les suaves nostalgies sont-elles bien de saison ? Avec Raymond, nous plaisantons assez sur ces réflexes d'anciens combattants qui, inlassablement, nous guettent et nous font d'autant plus horreur. Basta ! L'accueil est rude et la ville est glauque. Restons-en là… Des groupes de jeunes gens sont postés aux carrefours ; des prostituées peintes comme des matrones de Fellini jaillissent dans la lumière des phares et agitent les bras quand nous passons ; sur la plupart des avenues, les lampadaires sont éteints. Nous frissonnons de sommeil. Disons que nous n'avons pas chaud au cœur.

Mais demain sera bientôt là !

***

À l'Extrême Hôtel où nous logeons c'est déjà le premier matin. À force, nous obéissons à des habitudes de vieux garçons et respectons des rites. Depuis notre départ, il est admis que le premier levé frappe à la porte de l'autre et prononce la formule : « Le jour se lève, il faut tenter de vivre. » La plaisanterie ne nous fait pas toujours rire mais pour rien au monde nous n'y renoncerions. Et ce matin-là moins que jamais. Diable ! Addis-Abeba nous est rendue…

Dès avant huit heures, nous sommes donc sur les trottoirs. Vite, remonter vers la *Piazza*, courir jusqu'au vieux *guebbi* (palais), retrouver l'université et aller rôder dans les dédales du *Mercato* ! Notre hâte est celle des habitués attendris de se retrouver « chez eux ». Mais est-ce bien le cas ? Partout, des hommes et des femmes sont recroquevillés sous des cartons. Des mendiants nous arrêtent, une gêne bizarre retient Raymond dans son travail. Aux abords de la *Piazza*, nous voilà happés par une foule inimaginable. Après deux heures de marche, il nous semble que nous déambulons dans une ville résolument étrangère. Oh, bien sûr, nous retrouvons les édifices, les places et les avenues que nous cherchions. Mais pas la ville elle-même.

On dirait qu'une foule immense colonise désormais chaque recoin de cette cité dont le décor matériel lui, n'a pas changé. Peu de constructions nouvelles, une décrépitude attendue, une usure indéfinissable mais comme submergée par un trop-plein de population. Il y a moins de vingt ans, Addis-Abeba figurait un vaste périmètre à peu près vide, une suite de montagnes russes plantées d'eucalyptus, traversée par des avenues trop larges. Dans cette cité haut perchée, pénétrée par des prairies, collines boisées et rivières vives, régnait une manière de solitude pensive. Un nuage bleuté – les feux de bois d'eucalyptus – stagnait en permanence sur ce haut plateau. La ville proprement dite y flottait comme dans un vêtement trop grand. L'effet de l'altitude, ce creux bizarre dans les poumons, la transparence de l'air, l'extrême sensibilité aux odeurs et la proximité immédiate des nuages accentuaient le charme distant du lieu. Dans les rues, on croisait des élégantes qui tenaient une ombrelle ouverte au-dessus de leur tête, des diplomates étrangers parés pour le tennis et, devant chaque maison, un *zabania* (gardien) impassible dans sa couverture remontée sous le menton.

La capitale paraissait d'autant plus vide que, dès le milieu des années 60, l'empereur avait fait dissimuler derrière de hautes palissades en tôles peintes les bidonvilles les moins présentables. Il eût été fâcheux qu'une pauvreté trop navrante vînt offenser le regard des honorables représentants de cette OUA qu'Addis abrite depuis 1963. Après la révolution de 1974, faite pourtant au nom des pauvres, on n'avait pas jugé nécessaire de supprimer ces pudiques paravents. La ville – sauf au *Mercato* – ne se montrait donc qu'avec parcimonie.

Aujourd'hui, nos souvenirs sont démentis à chaque pas. Croulant sous le poids d'une population quadruplée – ou quintuplée[1] – en deux décennies, assaillie par une prolifération affolante de la misère, Addis-Abeba a rejoint le gros des métropoles africaines – Lagos, Nairobi, Abidjan – qu'asphyxie le nombre et que mine la peur. Les famines successives mais aussi les guerres prolongées, le désastre économique, la terreur elle-même : tout s'est conjugué pour pousser vers Addis des centaines de milliers de déracinés, qui le sont restés. À ces assauts se sont ajoutés les effets de la démographie et ceux – plus mafieux – du post-communisme. La « nouvelle fleur », en somme, s'est africanisée.

Nous sommes les seuls Blancs ou presque à arpenter les rues et cela aussi est nouveau. Les rares

1. *Les évaluations de la population d'Addis sont très approximatives. D'un million d'habitants au milieu des années 70, la ville serait passée à quatre, cinq, voire six millions aujourd'hui.*

farendj que nous apercevons sont retranchés dans leurs 4 x 4 surélevés et regardent droit devant eux lorsqu'ils sont immobilisés à un feu rouge. Addis s'est mentalement barricadée dans une peur ordinaire qu'aggrave un fantasme d'invasion. La nuit, il arrive qu'un automobiliste soit rançonné par d'anciens soldats de l'armée communiste portant de faux uniformes. Les journaux évoquent des « guerres de gangs » dans les quartiers. Des expressions reviennent dans les conversations : *tensafafi* (les « flottants ») pour désigner les milliers de chômeurs sans statut légal, *doureye* (vagabonds) pour parler des jeunes voyous colonisant les trottoirs ou encore cette métaphore évocatrice – *crier dans le vide* – qui évoque ces quartiers mal famés où la police ne pénètre plus.

Le *Mercato*, à coup sûr, appartient à cette catégorie. Nous errons prudemment dans les infinis dédales de ce caravansérail qu'on a toujours présenté comme le « plus grand marché d'Afrique ». Raymond n'a pas la tâche facile. Comme à Djibouti, chaque photo suscite un mouvement de curiosité, puis un attroupement, et bientôt quantité de questions qui n'en finiront pas. Nous apprenons donc à ruser. Marchant derrière lui, à bonne distance, j'attire la plupart des curieux tandis qu'il peut opérer. À la sauvette…

Chaque jour, à Addis, nous réservons quatre à cinq heures à ces vadrouilles, avec de longues haltes aux rares terrasses, des circuits changeants, des courses en taxi, des rencontres inopinées. À la longue, les effrois du premier matin s'apaisent tandis que s'effacent peu à peu de notre mémoire les images trop flatteuses « d'avant ». Nous nous accoutumons à ces

En remontant la Piazza.

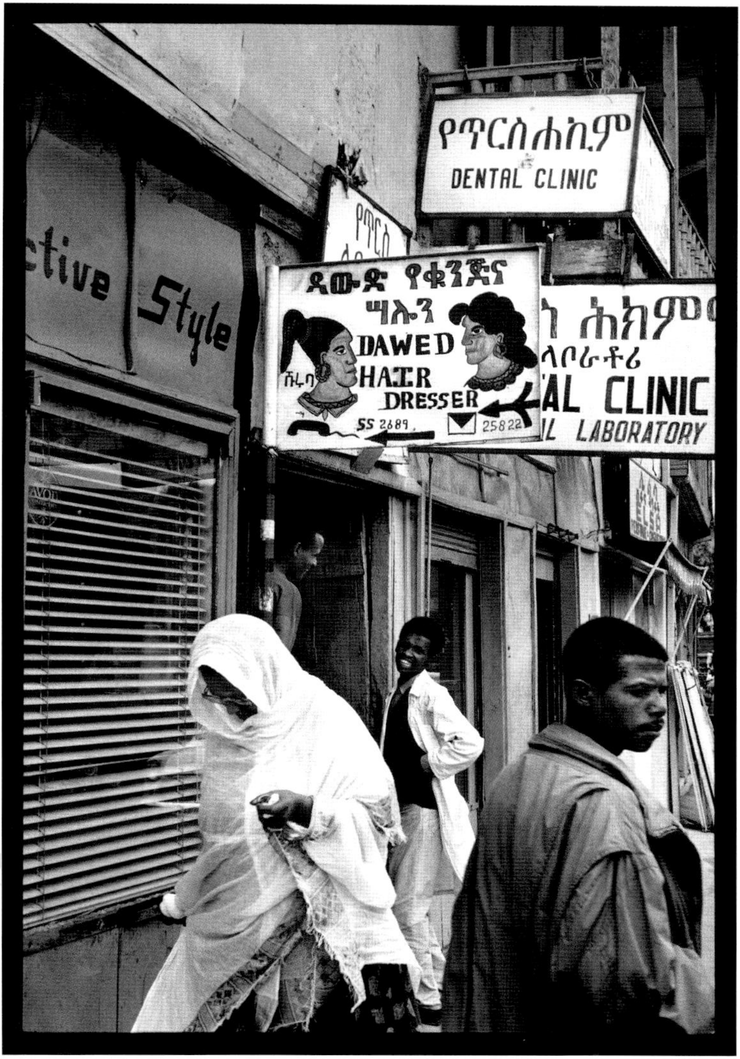

የጥርስሐኪም
DENTAL CLINIC
ctive
Style
ዳውድ የቁንጅና
ሳሎን
DAWED
HAIR
DRESSER
55 2689
25822
ን ሕክም
ላቦራቶሪ
AL CLINIC
L LABORATORY

tensions nouvelles, à cette pression diffuse de la foule. Autrement dit, nous relativisons les choses. Addis-Abeba n'est *pas seulement* cette métropole inquiétante, habitée par le désordre et la misère.

À deux pas des plus grandes avenues, certaines scènes de quartier – paroissiennes vêtues de blanc, calèches nonchalantes, vieilles dames tirées à quatre épingles – évoquent une harmonie villageoise miraculeusement préservée. Or ces frondaisons, ces courées familiales et ces voisinages attentifs sont la substance même d'Addis-Abeba, la vraie réalité de cette ville introvertie dont les avenues et les places ne furent jamais qu'un trompe-l'œil pour étrangers. Que l'on monte, même la nuit, dans un taxi collectif et l'on est plongé aussitôt dans un climat d'urbanité polie et rassérénée qui tranche sur l'atmosphère de la rue. Pénétrer dans une minuscule *azmari bet* [1] pour y boire une bière en écoutant un joueur de *massinko* [2], c'est retrouver, aussitôt, cette ironie chantante des Amharas qui est à mille lieues de la barbarie des trottoirs. Qu'on s'installe l'après-midi dans le salon décrépit d'un très vieil hôtel impérial – l'hôtel Taïtu, par exemple – et revoilà, intacte, la solennité impassible, la courtoisie théâtrale qui appartient en propre à l'Abyssinie.

Submergée ou pas, Addis-Abeba est donc toujours là. La ville s'est simplement repliée sur elle-même, dissimulée un peu plus derrière les apparences ; elle

1. Littéralement « maison des troubadours ». Café très modeste où se produisent des chanteurs populaires à la poésie très politique.
2. Équivalent éthiopien du violon mais à une seule corde.

s'est mise à l'abri dans d'insondables profondeurs. Comme l'Afrique, elle se dérobe au regard et tente, obstinément, de sauver ce quelque chose d'essentiel, cette douceur spécifique qu'elle ne sait plus très bien nommer...

Vingt ans après

Au téléphone, j'ai retrouvé la piste de quelques amis éthiopiens. L'un après l'autre, ils viennent me chercher à l'hôtel. Ils ont mon âge. Ils portent des moustaches et quinze kilos de plus. Nos accolades émues ne sont pas du bluff. Il ne faudrait pas insister beaucoup pour que nous versions une larme. Ce temps passé a tellement couleur de ruines ! Ces amis-là militaient au MEISON[1] dans les années 70. Ils avaient tous lu Louis Althusser ou Niko Poulantzas, Régis Debray ou Frantz Fanon. Ils connaissaient par cœur la Tricontinentale et la presse anti-impérialiste. Certains parmi eux, étudiants à Paris, avaient « fait » mai 68. Beaucoup étaient francophones.

Leur histoire, pour ce qu'elle signifiait, n'a jamais vraiment quitté mon esprit pendant vingt ans. Je l'ai portée en moi comme le symbole d'un naufrage mais aussi – surtout – d'un effrayant malentendu entre « nous » (Paris, l'Europe, l'Occident, tout ça...) et le reste du monde. Cette toute petite fausse note recouverte par la rumeur des défilés, cette tumeur bénigne, indécelable sous la belle armure des solidarités militantes, mais qui, par la suite, n'a cessé de s'infecter. Jusqu'à l'os. Jusqu'à nous séparer : eux au Sud, nous au Nord. Jusqu'à renvoyer pour de bon

1. *Mouvement socialiste pan-éthiopien.*

Un « flottant », ex-militaire, étudiant, chômeur ?

la planète à ses « différences », à ses ethnies et à ses « chocs de civilisation ».

En mars 1974, je m'en souviens, ils accouraient à Addis pour y faire la Révolution. Ils venaient de France. Ils m'initiaient, moi « journaliste bourgeois », à l'histoire compliquée du mouvement étudiant éthiopien à l'étranger ; une histoire très occidentale, au fond, faite de congrès fiévreux, débats théoriques, scissions frémissantes et embrouillaminis d'appareils. Une histoire qui, cette année-là, débouchait enfin sur le réel ! En Éthiopie, la page était blanche. C'est eux, désormais, qui allaient enseigner aux militaires analphabètes du *derg* des rudiments de matérialisme dialectique. C'est eux qui apportaient – ou croyaient apporter – à cette révolte de prétoriens contre le régime impérial l'idéologie qui ferait d'elle une révolution. Plus tard, en grand secret, ils me décrivirent ces leçons de marxisme que Menguistou Hailé Mariam, le futur négus rouge, vint prendre sagement, cahier ouvert et stylo à la main, auprès des « intellos ».

Je n'ai plus envie d'entrer dans le labyrinthe idéologique de ces années 70 où déjà – à leur grand désespoir –, se perdait le « journaliste bourgeois ». À l'époque, une branche du mouvement étudiant avait choisi de s'opposer aussitôt aux militaires et fondé, clandestinement, le PRPE (Parti révolutionnaire du peuple éthiopien), bientôt pourchassé et décimé. L'autre branche, celle de mes copains francophones et du MEISON, préféra apporter – durant les trois premières années – un « soutien critique » au nouveau régime qu'il croyait porteur, fût-ce malgré lui, d'un avenir « progressiste ». Les militants du MEISON en devenaient les idéologues. Pendant cette brève période, à Addis, je les retrouvais, énigmatiques et chuchotants, dans les parages du pouvoir militaire. Nous avions des rendez-vous de conspirateurs. Ils me donnaient – avec parcimonie – des informations sur la marche incandescente des événements. J'en faisais mon miel. L'amitié était en plus.

Bientôt, encouragés par la mobilisation de la société éthiopienne tout entière, ils tentèrent une manœuvre qui leur fut fatale : doubler le *derg* sur sa gauche en s'appuyant sur les nouvelles organisations civiles : *kebellés*, syndicats, etc. Ils espéraient de cette façon prendre le contrôle du char d'assaut qu'ils avaient choisi de chevaucher. Mais les chars d'assaut obéissent-ils aux cornacs ? Menguistou avait flairé le piège. L'échec du MEISON fut cuisant et la répression ne s'embarrassa pas d'humanité. Lancée très officiellement à l'automne 1977 par les militaires, la *keysheber* (terreur rouge) visa d'abord les « gauchistes » du PRPE, mais retourna vite sa fureur exterminatrice contre les apprentis sorciers du MEISON. On compta des centaines d'exécutions par nuit, dans la seule ville d'Addis-Abeba.

Ce fut le temps des retours à la clandestinité, des fuites éperdues vers la mer Rouge et l'étranger. À l'époque, je vis revenir à Paris l'un ou l'autre de ces amis, rescapé d'une périlleuse évasion – à pied, dans le désert, par le Soudan ou par Djibouti – sur laquelle il n'aimait guère s'étendre. Réfugiés politiques d'un genre particulier, ils trouvaient un petit boulot de veilleur de nuit ou de plongeur au bout d'une

Un matin, à l'aube devant les portes d'une église.

banlieue mais ne désarmaient pas. Ils venaient me voir en prenant le RER. Nous passions de longs moments au café La Palette, près de mon bureau du Seuil. Je leur parlais de l'Éthiopie qui leur était désormais interdite mais où j'allais encore. Ils étaient à l'affût de ce qu'ils appelaient une « contradiction politique » ; ils tablaient sur d'improbables désaccords entre Soviétiques et Cubains ; ils attendaient des nouvelles des maquis. Demain, demain… Ils imaginaient, infatigablement, des stratégies nouvelles. Puis, au fil des années, leur espoir s'amenuisa. Les dictatures n'ont pas seulement les tanks et les mitrailleuses, mais aussi le temps pour elles. Celle de Menguistou dura… Ils s'accoutumèrent à l'exil.

Près de vingt ans ont passé.

T. est là, dans le hall de l'Extrême Hôtel. Nous tombons dans les bras l'un de l'autre et il m'emmène dans une pizzeria pour nouveaux riches, comme il en éclôt désormais à Addis. T. a quatre enfants et ne veut plus entendre parler de politique. « J'ai raccroché les gants depuis longtemps », dit-il. Entrepreneur francophone, il n'est pas riche mais voudrait développer la consommation de pain et de croissants français en Éthiopie. Le marché existe, comme on dit maintenant. Oui, l'époque est nouvelle ! Il avoue cela sans rien laisser percer de son amertume. L'élégance est-elle une vertu révolutionnaire ?

Étrange soirée, cruel soliloque… Dans cette pizzeria très branchée, une musique éthio-américaine couvre parfois nos voix. Des *yuppies* éthiopiens (il y en a déjà) font les fiers devant leurs petites amies. Les serveuses sont costumées comme des villageoises du

Godjam mais portent un jean moulant sous la robe et ont une calculette à la main. Les maîtres d'hôtel, plus compassés qu'à Boston ou Houston, ont appris à présenter la note dans un parapheur en Skaï noir. Ne manquent que les téléphones portables et CNN, sur grand écran. Ce sera pour bientôt ! Dans ce décor inattendu, nous voilà, T. et moi, métamorphosés en vieux cons mélancoliques. Déjà…

T. fut l'un des théoricien de la réforme agraire qui restera comme la grande affaire – et le plus dramatique fiasco – de la révolution éthiopienne. Dans sa bouche, l'aveu d'échec est d'autant plus pathétique qu'il ne ruse pas ni n'invoque, comme c'est l'usage, la « fatalité des circonstances ». Il dit : « J'avais potassé les réformes agraires en Chine, au Pérou et dans des tas d'autres pays. On se disait : si les paysans n'ont plus à donner les deux tiers de leur récolte aux grands propriétaires, la productivité va forcément augmenter. Et beaucoup. On était sûrs de notre coup. À Paris, pourtant, j'avais eu certaines discussions enflammées avec un type qui n'y croyait pas. Il me disait : « Les paysans ne feront aucun effort de productivité si la terre est nationalisée et ne leur appartient plus. » J'avais trouvé ces objections parfaitement réactionnaires. Eh bien, tu vois, il avait raison ! On a fait la réforme agraire et dix ans plus tard on a eu la famine… »

Vu de Paris, tout, dans ce soliloque à la pizzeria d'Addis-Abeba, pourrait sembler convenu : désillusions d'un militant floué, repentir d'un idéologue pris au piège de l'Histoire, etc. C'est le *remake,* au fond, du film archiconnu qui occupa tout Saint-

Germain-des-Près dans les années 70, avec au scénario le maoïsme agonisant, la Gauche prolétarienne en déconfiture, les confessions amères en trois cents pages, les nouveaux philosophes…

Mais on n'est pas au quartier Latin. Chaque mot que prononce T. pèse son poids de morts et de sang. Est-ce grandiloquent de dire cela ? Je m'en fous. Tandis qu'il parle, je revois mentalement la foule des réfugiés de Korem, en 1984, les paysans qu'on aligne dans la brume du petit matin comme autant de témoins gênants, les camps encombrés de cadavres, les famines revenues et la fureur des planificateurs de la « villagisation [1] ». Je vois défiler tous les perdants de cette réforme agraire si prometteuse sur le papier, tous les vaincus de la révolution dévoyée. Mais quoi ? En Éthiopie, les mots, les concepts, les rhétoriques utilisés furent bien les mêmes qu'à Paris. Sauf qu'aucun de ceux-là ne compta pour du beurre. Ici, les dialectiques althussériennes et les motions militantes devenaient aussitôt des scalpels qui tranchaient dans le vif. Dans la chair des hommes. Pour de bon. Et sans repentir possible. À Paris, entre-temps, on s'était ravisé. Le marxisme, ça ne marchait pas. Trop tard ! Mes copains éthiopiens, eux, ne s'en sortiraient pas en publiant un bouquin. Ici, l'idéologie avait tiré à balles réelles.

Quand je rentrais d'Éthiopie, dans ces années-là, je retrouvais mon pays sous l'aimable Giscard d'Estaing ; à Paris, m'attendaient tous les « débats » et

1. Programme de déplacement forcé des paysans vers le sud qui fit, en 1984, de nombreuses victimes.

les empoignades d'époque : la fin du marxisme, le ralliement à Soljenystine, et bientôt à Reagan, les palinodies du postmaoïsme, tout ça... Dans les librairies, un genre littéraire était né : la contrition postcommuniste, l'amende honorable, parsemée de soupirs et de poses romantiques. C'était souvent bienvenu mais très agaçant. Nous étions dans le bavardage, ils étaient dans l'Histoire ; chez nous on s'en tirait à bon compte, pas là-bas. Cette distance-là – effrayante, irrémédiable – était-elle communicable ? Disons que je n'ai jamais su répondre – pour de bon – à cette question. Peut-être même n'ai-je jamais su la poser...

Tard dans la nuit, T. me ramène à l'Extrême Hôtel. Encore des mendiants et des prostituées dans les phares. Les rues sont noires et la ville, avec ces silhouettes qui surgissent ici et là, semble hallucinée. Nous traversons tout Addis sans dire un mot.

Ah, non ! Plus un mot.

L'empire des mots

À Addis où nous séjournons, Raymond se morfond un peu. Affaire d'image et d'exigence. Toutes les photos qu'il fait ici le laissent insatisfait, comme si elles manquaient de vérité. L'Éthiopie, vieille société paysanne, n'est citadine qu'à regret. Elle bivouaque dans sa propre capitale sans conviction ni plaisir. Elle y est visuellement en représentation. Dans les coins et recoins d'Addis-Abeba, les seules scènes qui tirent l'œil du photographe procèdent encore du village, de la famille, du bétail, d'on ne sait quelle ruralité impavide. Le reste, tout le reste – cafés, taxis, trottoirs, ministères, ambassades – semble surajouté au décor et sans vraie substance. Raymond opère à contrecœur. Il s'impatiente, au seuil du vrai départ. Puisque l'Éthiopie est paysanne, allons-y donc !

Nous avons prévu de louer un 4 x 4 en bon état et de piquer vers le nord, en traversant le pays de part en part, jusqu'à l'Érythrée, jusqu'à la mer... C'est une route inouïe que nous connaissons l'un et l'autre. Sur ces mille deux cents kilomètres, de village en village, nous attendent quelques rendez-vous du souvenir dont nous pressentons l'importance. De sentir imminent ce grand appareillage, de savoir si proches ces envolées de montagnes et ces pistes, rend Raymond plus nerveux. Partir...

C'est moi qui me résout mal à quitter la grande ville.

Ainsi sommes-nous dans une singulière *négociation*, lorsqu'il s'agit de fixer la date du départ. Raymond est en quête d'images quand je suis, moi, dans l'empire des mots. Comment allons-nous distribuer notre temps ? Qui sera l'arbitre entre l'image et l'idée ? La question n'est pas anodine, elle invite à s'accorder sur une définition approximative de la vérité. Dans ce moment particulier de l'histoire éthiopienne, dans cet après-guerre, après-révolution, après-communisme, après-malheur africain, quelque chose s'exprime ici – et se joue – qui me fascine mais n'est pas photographiable. Tout cela vaut quelques jours de plus. Mais combien ? Serait-il raisonnable, en s'attardant trop, de prendre au mot les mots ?

Sans doute pas.

Comme des fumées, ils se dissiperont vite et laisseront désemparé celui qui leur aura fait trop généreusement crédit. La preuve : dans ma valise, je transporte de volumineux dossiers de presse – des milliers de phrases – retraçant les vingt dernières années de l'histoire éthiopienne. Chaque soir, à l'hôtel, je m'y plonge avec le même appétit et j'en ressors embarrassé. « La révolution au tournant, le triomphe de l'aile dure, la mobilisation des campagnes, la reprise en main, le pouvoir stabilisé, les massacres continuent, etc. » De ces conjectures anciennes, de ces gloses bavardes – y compris des miennes – que reste-t-il au juste ?

Si peu...

En négociant, calendrier en main, la durée de notre étape dans la capitale, en définissant un dosage entre les mots et les images, nous savons très bien, Raymond et moi, que nous ne tranchons pas seulement des affaires de *planning*.

L'or et la cire

Exemplaire, l'Éthiopie ? Bien sûr. Dans ces dîners d'ambassades où l'on nous convie, dans ces conversations recommencées avec des intellectuels éthiopiens, une même stupeur s'exprime. Plus rien n'est logique ici ; aucune facette de la réalité n'est véritablement identifiable aux catégories mentales d'avant-hier. Sommes-nous dans le communisme ? le post-communisme ? le tribalisme ? Voit-on triompher ici l'économie de marché ? Qui sont les vrais maîtres du pays ? L'Éthiopie est-elle seulement assurée de sa propre existence ?

Pas un de nos interlocuteurs n'est tout à fait certain de pouvoir répondre à ces questions. La vérité est devenue grumeleuse à Addis-Abeba. Toute tentative d'explication raisonnée conduit à juxtaposer le blanc et le noir, la matière et l'antimatière. Comme si ce pays étrange, convaincu depuis longtemps de son historique exemplarité[1], avait rassemblé une fois encore à l'intérieur de lui-même les principales

1. *Dans son histoire, l'Éthiopie s'est souvent présentée comme « exemplaire » : à Adoua, bataille remportée en 1896 contre les Italiens, elle fut le premier pays du Sud à vaincre militairement une puissance européenne ; lors des conquêtes de Ménélik, à la même époque, elle fut le seul pays colonisateur et non point colonisé d'Afrique ; en 1974, elle assura mener la seule véritable révolution du continent noir. Il faut dire que, chaque fois, cet accès d'orgueil se trouvait partiellement fondé.*

contradictions d'une fin de siècle. Et s'offrait à nouveau, non sans orgueil, comme un laboratoire.

En mai 1991, ce sont des maquisards marxistes-léninistes (tigréens) qui ont chassé du pouvoir un régime se réclamant lui aussi du marxisme. Gauche contre gauche ? Ce n'est pas si simple. Le procès spectaculaire qu'on intenta aux assassins d'hier, conduit au nom des valeurs démocratiques, fut bel et bien celui de la terreur rouge. L'irruption des Américains en Éthiopie, l'éloge de la libre entreprise, la multiplication des nouveaux riches, l'efflorescence du petit commerce et le retour des émigrés venus de Detroit ou Hambourg, tout cela participe également d'un post-communisme assez classique, tel qu'on peut le voir à l'œuvre de Moscou à Berlin, de Kiev à Tirana.

En revanche, la poignée d'ex-maquisards à Kalachnikov qui campe toujours dans les anciens palais y a conservé des habitudes, un langage, un goût du secret, une méthode qui appartiennent à la tradition marxiste. Ils rappellent les *compañeros* castristes à peine descendus de la *Sierra maestra* et s'affairant en treillis sous les stucs de La Havane. Sauf qu'ici les choses se seraient passées à contretemps. Les *woyanes* faméliques, avec leurs Kalachnikov, leurs RPG7 et leurs grenades de fabrication chinoise, se sont trouvés, après la déroute de l'armée éthiopienne, propulsés au pouvoir dans un monde changé. Pullulement des grandes villes, émiettement du pays, toute-puissance de la Finance internationale : pouvaient-ils faire autre chose que gouverner *a minima* en rusant avec leur propre victoire ? Les diplomates étrangers confessent leur désarroi face à ces dirigeants anonymes, marxistes et antimarxistes à la fois, attachés au secret, au tutoiement, à la frugalité et peu soucieux d'endosser l'apparat mieux identifiable du pouvoir.

Dans la politique quotidienne, la même ambiguïté saute aux yeux. Les purges sévères qu'imposent les nouveaux maîtres dans les administrations et les entreprises obéissent au rituel léniniste traditionnel : séances d'autocritique dite « d'évaluation », commissaires politiques, phraséologie convenue et invocation du « vrai » marxisme. En revanche, la presse d'opposition – largement aux mains des Amharas – continue d'être effervescente, violente, multiple. Elle est persécutée mais pas interdite. En matière économique, le régime s'en remet à l'économie de marché et obéit sagement au *Structural adjustement program* du Fonds monétaire international mais résiste bec et ongle aux pressions américaines, dès lors qu'il s'agit de privatiser la terre. Il tolère les quatre cents coups de quelques milliardaires hauts en couleurs[1] mais s'en tient encore, quant à lui, à la vertu ombrageuse des maquis.

Dans les parages immédiats du pouvoir, vibrionne une nouvelle classe intellectuelle qui, elle non plus, n'est pas simple à cataloguer. Dans les nouveaux lieux à la mode – le restaurant Casablanca, les boîtes de

1. Notamment un singulier personnage, Mohammed Alamuddin, milliardaire éthio-saoudien dont les frasques, les grosses Cadillac bourrées de garde du corps, les opérations immobilières et les libéralités fastueuses accordées à tel ou tel ancien serviteur, alimentent toutes les conversations à Addis-Abeba.

Dans une ruelle, près de l'Alliance française.

nuit Le Tunnel ou Le Torero – les Éthio-Américains revenus depuis peu avec leurs chaînes hi-fi, leurs CD disco, leurs billets de cent dollars et leur *world culture* côtoient d'anciens militants purs et durs du PRPE ou de jeunes aristocrates libéraux. Les liens de familles entrecroisés brouillent un peu plus les repères et tissent entre tous ces gens des connivences propres à damner les observateurs occidentaux.

Quelque chose, en permanence, se dérobe et résiste à la raison. La fascination pour l'Amérique et l'alliance en bonne et due forme avec Washington ne sont pas, elles-mêmes, aussi assurées qu'on l'imagine. Pragmatiques, les Américains ont jugé habile de surmonter leurs réticences pour s'entendre avec « les gars qui ont les fusils[1] » et les aider à relever une économie en déroute. Tenant les cordons de la bourse, ils s'imaginaient contrôler suffisamment ce pouvoir fragile pour s'accommoder de son « folklore idéologique ». Présomption très *yankee* : nul ne saurait dire, en vérité, qui manipule qui à Addis-Abeba. Les Éthiopiens ont leur idée là-dessus…

Mais c'est, malgré tout, sur la question ethnique que l'ambiguïté abyssine est la plus révélatrice. Officiellement, l'arrivée des Tigréens au pouvoir a mis fin à une domination amhara de sept siècles, seulement interrompue pendant une vingtaine d'années au XIXe siècle[2]. La nouvelle constitution,

1. *Cette périphrase utilisée par les Américains renvoie (volontairement ou pas) à une vieille expression amharique – les* neftennas *– qui désignait au XIXe siècle les colons amharas armés qu'on installait dans les régions conquises par Ménélik.*
2. *L'empereur Yohannes IV (1872-1889) était tigréen..*

promulguée en décembre 1994, et le « fédéralisme ethnique » qu'elle met en place visent à parachever cette éviction politique, culturelle, linguistique des Amharas, dont la prédominance s'était identifiée à celle de la dynastie chrétienne et salomonienne.

Cette reconnaissance du fait ethnique ou régional – qui rejoint d'ailleurs la sensibilité communautariste des nouveaux alliés américains – constitue le nouveau catéchisme du régime. Le ralliement d'anciens marxistes à la « différence » est conforme, sur ce point, à ce qui se passe partout ailleurs en Afrique et dans le monde ex-communiste. Et gros des mêmes périls. L'ethnicisation, cette grenade dégoupillée, est devenue la grande querelle politique éthiopienne. C'est elle que dénonce la presse d'opposition au nom du patriotisme bafoué et du pays démoli. C'est elle qui, plus dangereusement, régente la vie quotidienne : des couples mixtes divorcent, les policiers n'hésitent pas à interroger sur son ethnie celui qu'ils contrôlent dans la rue. Le syndrome yougoslave qui rôde dans ce pays n'est pas très engageant.

Mais peut-on en rester là ? Faut-il conclure et prendre la route du nord en ruminant de sombres prophéties ? Je ne crois pas. Aujourd'hui comme hier, la vérité se pèle ici patiemment, comme un oignon, peau après peau. Sous l'enveloppe des apparences, derrière le brouillard des mots, une réalité perdure. La défaite *politique* des Amharas et l'exaltation des cultures minoritaires ne mettent pas un terme, loin de là, à la prédominance de la *culture* amharique. Celle-ci demeure, quoi qu'on dise, constitutive de l'Abyssinie. Une façon de manger, de vivre, un certain rapport au temps et à l'espace, un alphabet, un « latin [1] » partagé : on n'efface pas, par décret, sept siècles d'Histoire. Les Tigréens au pouvoir sont les premiers à le savoir. S'ils s'expriment en tigrinia [2] lorsqu'ils sont entre eux, ils n'en parlent pas moins amharique dans leurs fonctions publiques. Eux-mêmes sont à la fois bilingues et biculturels. Sitôt réunis à l'étranger, Amharas et Tigréens se retrouvent dans le même culte d'une Éthiopie mythique et éternelle.

Les uns comme les autres se disent *Habashas*.

Les Tigréens, depuis qu'ils sont investis du pouvoir et comptables du destin éthiopien, se savent plus ou moins condamnés à une amharisation consentie. La Grèce conquise conquerra son « sauvage vainqueur »... Imaginons des autonomistes bretons ou basques ayant pris le pouvoir à Paris et se chargeant de gouverner la France. Parlerait-on basque à l'Élysée ?

Ces chipotages infinis, ces nuances, ces contradictions surmontées, tout cela déconcerte l'Occidental de passage. Cette manière de ruser avec la raison, ces « marges » obstinément ménagées dans la géométrie des idées ne procèdent pas seulement de l'intelligence africaine. Elles ont à faire avec la prudence historique : ne fermer aucune porte...

La culture amhara use d'une magnifique métaphore pour désigner cette subtilité-là : celle de l'or et

1. *Le* guez, *qui est la langue religieuse éthiopienne.*
2. *Le tigrinia est la langue parlée par les Tigréens et les Érythréens des hauts plateaux.*

la cire, *semenawork* en amharique. L'or et la cire ? Pour fabriquer un bijou, on confectionne un modèle en cire. Il sera moulé dans du plâtre, puis fondu et remplacé par de l'or. L'image est claire : la *forme* n'est pas forcément la *substance*. Une même forme peut contenir des *matières* différentes. Les mots disent *aussi* tout ce que l'oreille n'entend pas.

Les poètes mais aussi les chanteurs contemporains[1] ont fait de cette métaphore un genre déclamatoire. Il est ironique et malin. Cultivant le non-dit, il fournit aux amateurs de libertinage le moyen d'allusions irréprochables. Il permet aussi aux journalistes politiques de produire des pamphlets jamais réellement énoncés mais compris de tous. Sous la dictature, il rendait naturel le double langage. Aujourd'hui, il enchante les clients des *azmari bet* qui en ont après les nouveaux maîtres et leurs obsessions ethniques.

Les Éthiopiens ont toujours su au fond d'eux-mêmes que, sous les bavardages de l'idéologie, palpitaient bien d'autres vérités...

1. *Notamment Betseat Seyoum et Abebe Fekade qui, dans leurs derniers CD, se présentent comme* urbans azmaris of Ethiopia.

Sur la route…

Roues de rechange, jerrican de secours, provisions d'eau et tout le falbala : nous partons enfin dans une Mitsubishi Pajero un peu bringuebalante. C'est un jeudi matin du mois d'octobre, l'air est transparent. Raymond voyagera devant, à la place du passager. Nous avons démonté le rétroviseur extérieur qui gênait ses cadrages. Droit devant, nous avons toutes les montagnes et tous les *ambas* [1] d'Abyssinie, dix bonnes journées de voyage, la fameuse route du nord, percée par les Italiens dans les années 30, les provinces du Choa, du Wollo et du Tigré et, sur le chemin, quelques souvenirs en embuscade…

Dès la sortie d'Addis, en montant vers Entotto, à travers un bois d'eucalyptus, nous avons mis une cassette d'Aster Awoke [2] à tue-tête. Deux jeunes Éthiopiens, un garçon et une fille, nous accompagnent. Ils n'ont pas beaucoup plus de vingt ans. Berhanou, le garçon, Ray Ban sur le nez, conduit nonchalamment la Pajero et veille à l'itinéraire. L'air très émancipé qu'il affiche est une pure coquetterie. Avant de nous entendre sur la location et la durée du voyage, il a fallu convaincre son père, venu aux ren-

1. Hauts plateaux entourés de falaises, si escarpées parfois qu'on n'y accède qu'avec des cordes.
2. Une chanteuse éthio-américaine qui fut très à la mode vers la fin des années 80.

Sur la route historique… en direction de Dessié.

Korem, il n'y a plus de traces de famine !...

seignements dans la cour de l'Extrême Hôtel. Tout bien réfléchi, les *farendj* lui inspiraient confiance. Amaretch, quant à elle, est une ancienne élève du lycée français d'Addis-Abeba qui fut, pendant quelque temps, hôtesse de l'air sur *Ethiopian Airlines*. Son petit ami nous l'a confiée en assurant que c'était pour elle « une occasion unique ». Pas plus que Berhanou, elle ne connaît l'Éthiopie. L'un et l'autre vont traverser leur propre pays pour la première fois.

Voilà vingt-deux ans, très exactement, je prenais cet itinéraire pour la première fois. C'était en octobre 1973, une année avant la destitution d'Hailé Sélassié. À l'époque, il eût semblé extravagant – et coûteux – d'affréter un gros 4 x 4. La route était convenablement bitumée, une simple Coccinelle louée chez Hertz faisait l'affaire. Partant d'Addis le matin, on faisait étape à Dessié, quatre cents kilomètres plus loin. Projet impensable aujourd'hui. C'est à vingt kilomètres à l'heure que nous cahotons sur une route à l'abandon, criblée de trous et de crevasses, encombrée d'ânes et de chèvres. Dessié, capitale provinciale du Wollo, paraît dorénavant au bout du monde.

Dès les premiers villages, à l'approche du col de Debre Sina, cette idée d'inversion du sens de l'Histoire occupe nos pensées. Hormis les carcasses de chars, ici et là, quelques inscriptions politiques calligraphiées en amharique ou en tigrinia (« Ton woyane est ton sauveur »), rien n'a changé depuis vingt ans : même trottinement infini ; mêmes carrioles aux roues caoutchoutées, attelées à de petits chevaux étiques ; mêmes paysannes courbées sous le poids des jarres d'eau qui leur creusent les reins ; même misère noirâtre des bicoques. Les anciens carnets de notes que j'ai amenés en font foi.

Vingt-deux ans plus tard, il n'y rien à ajouter à ces descriptions, pas une construction nouvelle, pas un changement. L'Éthiopie nous apparaît figée dans une interminable attente, impassible sous la poussée du temps, seulement rongée, en surface, par l'accumulation des années. Existe-t-il, dans le monde, beaucoup d'endroits comme celui-là ? Ici, la notion même de souvenir semble irréelle. Il manque je ne sais quelle distance ou trace pour étalonner le regard. Le temps est lisse, infini...

Nos deux jeunes compagnons de route sont nés l'année même de mon premier voyage vers le Wollo. Ils ont l'âge de la révolution. Depuis leur naissance, ils n'ont pas connu autre chose que la rhétorique militante (dont ils se moquent), la grandiloquence des défilés (qu'ils ont en horreur), le mensonge des propagandes (qu'ils ont appris à ne plus entendre) et l'exaltation du patriotisme (qui les fait ricaner). Pour cette raison paradoxale, nous les avons préférés à des interprètes plus expérimentés. Nous voyagerons avec des Éthiopiens ayant l'âge de notre propre mémoire.

Vingt-deux ans... En 1973, j'avais pris la route avec Terede, un jeune lycéen francophone. Il avait le même âge que Berhanou, une coiffure « afro » qui lui valait d'être persécuté par les policiers mais un air de fièvre dans le regard. Il venait de s'inscrire à l'université d'Addis, cette Commune vibrionnante et politisée que l'empereur maintenait plus souvent fermée qu'ouverte. Lui non plus, au-delà des environs immédiats d'Addis, ne connaissait pas son propre pays. Mais il était curieux. Il fut stupéfait. Dès le début de ce voyage vers la famine, après dix ou quinze rencontres avec des paysans chassés de leurs villages par la faim, je l'avais vu réagir avec colère. « J'ai honte », répétait-il.

À vingt ans de distance, Berhanou et Amaretch sont moins lyriques. Disons qu'ils s'en fichent, du moins en apparence. Ils trouvent « chiantes » les informations éthiopiennes, ne lisent aucun journal, préfèrent écouter des cassettes de disco américain enregistrées à Doubaï et s'esclaffent lorsque nous tombons, à la radio, sur un discours vaguement politique. Dans la bouche d'Amaretch, des petites phrases reviennent comme des *jingles* radiophoniques : « Faire sa vie. Garder les pieds sur terre. Faut pas rêver. » Elle dit aussi : « On va quand même pas se prendre la tête ! »

Vingt-deux ans la séparent de Terede. Virtuellement, elle est la fille de mon ancien compagnon de route. Le temps a passé… Elle nous parle du bon *feeling* qu'elle éprouve avec les Africains de l'Ouest (« Ils sont cool ! »), de ses vadrouilles « en boîte » lorsqu'elle travaillait aux *Ethiopian Airlines*. « Waou ! Le voyage, c'est ma vie, ça ! ». Évidemment, ce rap désenchanté qui lui sert de langage est *aussi* une forme de pudeur. Une pudeur qui, parfois, se disloque d'elle-même. Quelques jours auparavant, tandis que nous préparions notre départ en sa compagnie, nous avions buté plusieurs fois sur une scène bouleversante : enfants paumés, misère toute nue. Un matin à Debre Zeit, une fillette des rues s'était approchée d'Amaretch, pieds nus, les yeux mouillés de larmes. Elle avait une maladie de peau et personne, disait-elle, n'acceptait plus de la toucher. Sans hésiter, Amaretch avait pris la gosse par la main et l'avait gardée auprès d'elle toute la journée. Elle lui donnait à manger, la rassurait en lui caressant les cheveux, lui parlait à l'oreille. Faisant cela, elle bravait notre regard en se moquant d'elle- même : « Regardez, je me la joue ONG... »

Nos jeunes guides parlent l'espéranto des lycéens de chez nous, ceux qui téléphonent à Fun Radio ou « s'éclatent » à la bière. Ils ont leur fausse dureté. Ils vivent dans le même siècle, écoutent la même musique, s'irritent pour les mêmes raisons. Enfants du monde, noués et provocateurs... Visiblement, les réflexions que nous échangeons dans la voiture sur l'histoire de l'Éthiopie n'intéressent pas le moins du monde Amaretch et Berhanou. Ils s'amusent de nous voir regarder la carte ou consulter des livres avec tant d'application. Ils rigolent de nos « émotions ». (« C'est cool, ce voyage ! ») Tous deux, en revanche, sortent leurs griffes dès qu'il est question de liberté. Dans les villages que nous traversons, les hommes suivent des yeux Amaretch qui est ravissante. Ils la regardent d'autant plus qu'elle a choisi un jean moulant, porte des petites nattes de *top model* et assume un *look* de minette citadine. Mais qu'un inconnu s'avise de lui faire un signe de drague, même fugitif, elle répondra aussitôt par un geste obscène et enragera à voix haute : « Pauvre con, va te branler ! »

Ainsi montons-nous, ce premier jour, à l'assaut des montagnes du Choa, en écoutant maintenant

Storm in Africa du groupe *Enya* en stéréo ; ainsi cavalons-nous derrière nos souvenirs de souffrances et d'Abyssinie sur un tempo *jazzy*, rythmé par les fous rires d'Amaretch. C'est fou ! Ni Raymond ni moi n'avions imaginé cela. Jamais. Désenchantés et réalistes, impeccablement « branchés », Amaretch et Berhanou incarnent à eux deux une Afrique jeune et sans illusion ; l'Afrique de l'instant et du plaisir pris *quand même,* celle des boîtes techno et des grandes villes. Une Afrique revenue de tout mais qui danse et se méfie des mots. Une Afrique qui se moque bien des mélancolies « blanches ». Et c'est tant mieux.

Amaretch et Berhanou nous garderont des lyrismes scrogneugneu et des attendrissements bêtas. Ils nous tiendront à bonne distance du pathos ébloui. Eussions-nous cédé à cette faiblesse que, dès l'après-midi, Amaretch nous eût ramenés sur terre. À l'entrée d'un village, nous trouvions charmante – émouvante même – cette vitalité rieuse des enfants qui s'obstinaient à courir près de la voiture en nous lançant des saluts en amharique. Une petite fille, surtout, plus vive que le vent et criant les mêmes mots avec un grand sourire. Amaretch n'a pas tardé à nous renseigner. La fillette criait *Enatken ! Enatken !* En amharique, cela signifie à peu près « Nique ta mère ! »

Il faut tenir la bride à ses émotions...

Le tunnel

Parfois, on ne rit plus. Le ton change et le climat bascule. Je n'oublierai pas de sitôt cette scène du tunnel de Debre Sina. C'est une leçon. Il faut la raconter avec exactitude.

Nous faisons d'abord halte au sommet d'un col célèbre en Éthiopie qui, à quelques heures d'Addis-Abeba, ouvre sur un cirque de pâturages et de vallées. Le regard porte à des dizaines de kilomètres. On aperçoit, très loin en contrebas, le miroitement des rivières, le toit des *toukouls,* l'éparpillement des troupeaux. Le froid est vif mais c'est la splendeur du Choa qui nous coupe la respiration. Nous descendons de voiture sans dire un mot. Des hommes et des femmes chargés de hottes, poussant leurs ânes devant eux, montent pesamment vers le col et ralentissent pour nous saluer.

Raymond prend ses photos avec un surcroît de patience, comme s'il ne voulait rien déranger. Il rassure d'un geste, remercie chacun, distribue des sourires et, jamais, ne force le mouvement. Si une femme refuse la photo d'un mouvement de tête, Raymond s'excuse et s'éloigne aussitôt en remettant le cache sur l'objectif du Leica. Ni la pauvreté absolue de ces gens qui défilent un à un devant nous ni l'effort qui durcit leurs muscles et accélère leur respiration, ni la crasse qui les habille ne nous alertent, *à ce moment-là*. La beauté de l'endroit n'est pas étrangère à cet état de grâce qui, pour un peu, nous pousserait à nous asseoir dans l'herbe.

Mais la route est longue. Avec regret, nous remontons dans la voiture. Nous sommes songeurs et apaisés. Quelques kilomètres plus loin, la piste disparaît dans un tunnel. Comme la Pajero s'y engage, quelques paysans, groupés sur les bas-côtés, nous font de grands gestes que nous enregistrons sans réfléchir. C'est au milieu du tunnel que nous comprenons. Quatre ou cinq camions, trop volumineux pour se croiser, y sont coincés dans la lueur des phares. De l'eau ruisselle de la voûte et d'épaisses rigoles de boue se sont coagulées à droite et à gauche. La Pajero est immobilisée derrière un vieux camion chargé de ferraille. Des hommes crient, des silhouettes s'agitent dans le noir. Nous descendons tous les deux dans ce cloaque répugnant. Nos pieds s'enfoncent dans la boue. Il fait froid.

Collés aux parois, serrés les uns contre les autres, des paysans apparaissent. Comme ceux que nous avons croisés quelques minutes auparavant, ils remontaient du marché de Debre Sina avec leurs bêtes et leurs paniers. Hommes, femmes et enfants, ils sont là avec leurs ânes, bloqués entre la roche et les camions. Dans les phares, nous apercevons leurs visages résignés, leurs jambes maculées de boue, les enfants qui hurlent. Les hommes, pieds nus dans la gadoue, s'arc-boutent contre les flancs de leurs ânes pour repousser ceux-ci vers la paroi gluante, à l'écart des pare-chocs. Les filets d'eau glacée qui dégringolent de la voûte rebondissent sur les encolures.

Il y a des cris, des coups de klaxon, les grognements des bêtes forcées. Plusieurs bâts se sont défaits dans la bousculade, des hottes sont tombées sous les roues des camions, répandant sur le sol leurs chargements – un peu de grain, une jarre brisée, une pièce de tissu – que les femmes essaient de récupérer, accroupies sous les essieux. Une brume de vapeur et de gaz d'échappement s'est formée au-dessus des bêtes. Un commencement de panique jette parfois dans un désordre de gestes les chauffeurs des camions, les paysans et leurs ânes au cul ensanglanté par le frottement du bât. À quelques centimètres du pare-chocs avant de la Pajero, nos phares éclairent les pieds d'une vieille femme crispés sur les cailloux. On voit les orteils déformés comme les sabots d'une bête, de longues traînées de terre sur les mollets, les haillons de la robe, les mains couleur de terre.

De longues minutes passent, une demi-heure peut-être. Il y a, dans cette cohue de pauvres et leur soumission, je ne sais quoi de terrifiant, une idée d'absolue servitude, de détresse innommable, profonde comme un puits de misère.

Dans *Au cœur des ténèbres,* on trouve cette phrase de Joseph Conrad. « Ne connaissez-vous pas la force démoniaque d'un état d'inanition qui n'en finit pas, le tourment exaspérant, les pensées noires, la sombre férocité qui couve ? Moi si. »

… mais il y a toujours, sur les routes, ces femmes qui marchent…

Un soir au bout du monde

Nous dormons, certains soirs, dans des auberges misérables et des bourgades sans lumière. La nuit tombe d'un coup dans les montagnes d'Abyssinie. Nos journées tournent court et nous faisons étape au hasard. Pajero garée, mêlés à des inconnus, tâtonnant dans l'obscurité, nous marchons un moment sur la route que bordent des maisons en bois, comme on en voit dans les westerns. J'aime ces premiers pas dans ces lieux inconnus dont nous guettons l'atmosphère : tension sourde, insouciance, équilibre indéfinissable. Nous abordons chaque lieu comme on trempe, avec précaution, un orteil dans la mer.

La nuit, en tout cas, nous a rendus à l'anonymat ; grâce à elle nous cessons d'être une attraction pour chacun. Aucun enfant ne crie plus *faranj, faranj* ou *you, you* ou encore *ster, ster*[1] sur notre passage. Les hommes ne nous suivent plus des yeux avec cet air de curiosité oblique, les femmes n'interrompent plus leurs bavardages en nous apercevant. Notre présence ne dérange plus rien ni ne bouscule le train de choses. Nous nous ébrouons enfin. Pour une heure ou deux, une rencontre plus physique, plus naturelle avec

1. *Abréviation de* mister.

l'Éthiopie nous est autorisée. Comme si nous pouvions effleurer non plus l'espace mais le temps lui-même dans sa substance: cette immobilité villageoise et féodale (malgré la révolution), terriblement proche, au fond, de ce qu'elle devait être chez nous au temps de Louis XI, un agencement particulier des choses et des êtres, une hiérarchie des gestes, un quotidien inchangé des siècles. Avec ses petits prêtres en guenilles, ses calèches peintes, ses mendiants psalmodiant leurs suppliques au bord du chemin, ses bestiaux en liberté, ses odeurs éparses de feu et de purin...

Raymond appelle cela les « soirs-bords-de-route ».

Deux ou trois camions, moteurs chauds, sont garés dans le noir. Des chiens rôdent dans les ordures. Un cavalier trottine sur sa selle de bois en faisant claquer sa langue pour signaler sa présence. Quelques échoppes de planches sont éclairées par la lueur mouvante d'une lampe à pétrole. On y trouve des cigarettes et du savon, des coupons d'étoffe et quelques conserves. Marchant devant nous, des jeunes filles se tiennent par le bras dans le noir et s'écartent parfois l'une de l'autre – mais sans se lâcher – pour éviter une flaque. Jamais autant que durant ces lentes déambulations suspendues au bord immédiat de la nuit, nous n'éprouvons un tel sentiment de bout du monde. Il n'est pas forcément joyeux. Une sensation d'exil nous habite parfois comme une imperceptible douleur.

Nous revenons vers l'unique auberge, avec l'envie de nous y mettre à l'abri. De quoi ? Je ne sais pas. Ces hôtels campagnards sont bâtis à l'identique, en retrait dans une sorte de cour fermée par un portail métallique, avec l'inévitable pavillon à un étage où s'alignent six chambres donnant sur le même balcon. Cellules exiguës plus que chambres, en vérité, avec un grand lit très bas au châssis de bois latté, une chaise et trois mètres carrés d'espace. Les toilettes à la turque et l'unique lavabo sont à l'extérieur, au bout du balcon. On y recueille un filet d'eau glacée qui devra suffire à tout. Chaque porte de chambre en tôle pleine se verrouille à triple tour grâce à une serrure de sûreté. La fenêtre est protégée par un grillage. Ici, on paie d'avance (quinze ou vingt birrs[1]) et l'on garde en poche la clef plate, numérotée, qui protégera de la nuit. Ces barricadements précautionneux sont la règle en Éthiopie. Ils ne datent ni de la révolution ni de l'après-communisme. On s'y conforme sans plus de questions.

Au rez-de-chaussée, un bar fait office de réception ; avec deux serveuses aux gestes traînants ; un vieux percolateur italien ; trois camionneurs attablés devant un verre d'*ouzo* local ou de *ketikala*[2] ; le patron silencieux qui compte ses birrs à l'écart. Les serveuses, vêtues d'une blouse de Nylon mais maquillées jusqu'au bout des cils, monnaient leurs charmes à la fin du service. Dans les récits de voyage portugais du XVIe siècle, et français des XVIIe et XVIIIe siècles, on parle déjà de « courtisanes », de « Madeleine non repentantes » et de « femmes libres ». En amharique, il existe pas moins de cinq équivalents du mot

1. *Onze à treize francs.*
2. *Une eau-de-vie très forte fabriquée en Éthiopie.*

… pour les corvées d'eau, et le bois de chauffe…

prostituée. Tradition très ancienne, la prostitution ne doit rien au tourisme ou à la concentration urbaine, un peu à la misère, beaucoup à la permissivité de l'Éthiopie chrétienne qui contraste avec l'islam alentour. Dans l'ensemble de la corne, lorsqu'on veut désigner une prostituée on dit volontiers « une éthiopienne ».

Bouteille d'*Ambo* avalée dans un grand silence, nous remontons vite à l'étage. Chacun de nous sort sa chaise sur le balcon, tandis qu'Amaretch ,et Berhanou, là-bas, dorment à poings fermés. Raymond déroule l'antenne de son petit Sony le long de la balustrade, consulte posément la table des fréquences et entreprend de chercher Radio-France internationale sur les ondes courtes. Une nuit opaque nous environne. On entend un ou deux groupes électrogènes qui ronronnent dans le lointain, le bêlement d'un mouton, quelques aboiements de chiens.

Raymond finit par trouver la station. Ce plaisir ambigu de la radio, nous l'attendons chaque soir. Avec ses crachotis et ses *fadings,* l'effet d'écho et des craquements d'orages, le bulletin d'informations en français va nous ramener pour quelques minutes vers un monde – le nôtre – qui nous semblera plus insolite encore que le village alentour. Disant cela, je ne sacrifie pas à ce faux dédain du voyageur pour les « frivolités » domestiques qu'il aurait laissées derrière lui en partant vers les vrais malheurs du monde. Il y a simplement dans ces intonations retrouvées à l'oreille, dans la musique même des phrases, dans le sérieux et la fébrilité du propos, quelque chose qui ressemble à un exotisme inversé. La hâte et la volubilité, surtout, si étrangères à l'éternité qui nous entoure... Le temps n'est pas le même partout. Un décalage imperceptible, une distance se sont bel et bien creusés entre nous et ce qui faisait l'ordinaire de nos vie. Nous ne sommes plus dans le temps de l'Europe mais nous n'habitons pas vraiment celui de l'Afrique. Nous campons, tant bien que mal, dans ce *déséquilibre* du voyage qui tient les nerfs à vif mais l'âme en éveil.

Quelques minutes d'écoute suffisent à nous rassasier. Les soirs de grand fatigue, il arrive que Raymond suive seul dans sa chambre le bulletin de RFI. Immédiatement après, il frappera à ma porte et quatre phrases feront l'affaire. « Juppé baisse. Tartempion est mort. Une bombe a explosé à Jérusalem. Les Américains se fâchent à propos de Cuba. »

C'est bien assez de savoir cela...

Histoire de Terede

Aux environs de Dessié, dans l'unique rue de Woldia (province du Wollo), je fais arrêter la voiture à l'endroit précis que je cherchais des yeux, sans trop y croire. Mes notes de 1973 sont assez claires : un carrefour boueux, une station Shell très déglinguée, deux boutiques en tôles de récupération, une enseigne pâlie indiquant l'entrée de l'hôtel Saint-Mikael. C'est là ! Nous descendons de la voiture, aussitôt noyée sous un tourbillon d'enfants. Amaretch et Berhanou comprennent mal que je sois subitement si grave. La station Shell est toujours en place et n'a sûrement pas été repeinte une seule fois en vingt-deux ans ; le portail de l'hôtel Saint-Mikael ouvre sur la même cour rectangulaire ; les deux boutiques n'ont pas changé, ni la rue elle-même, ni les maisons à véranda de bois.

Ce jour-là, nous sommes en retard sur l'horaire. Raymond, qui a fait quelques pas dans le village, trouve l'endroit sans intérêt et la lumière « impossible ». Je me moque bien de la lumière ! Pendant vingt-deux ans, c'est à ce coin perdu d'Abyssinie, à ce village rapetissé par l'aplomb des montagnes que j'ai repensé des centaines de fois. L'hôtel, les boutiques, la rue de terre battue… C'est ici qu'avait commencé, un soir de l'automne 1973, une longue épreuve de colère et d'amitié ; une de ces expériences qui ne s'effacent plus. Cette histoire, c'est celle de Terede.

Paysage après Weldiya, en direction du nord.

Avec ce jeune étudiant qui me servait d'interprète, nous avions choisi, ce soir-là, de dormir à l'hôtel Saint-Mikael, après plusieurs jours d'enquête dans les villages environnants. Nous avions trouvé des tombes par centaines, des mourants par milliers. Nous avions interrogé d'innombrables paysans qui, tous, racontaient la même histoire : le *teff* qui manque, les bœufs qu'on se résout à vendre pour acheter du grain, puis les derniers objets de la maison qu'on cède à l'usurier, la mère qui meurt bientôt de faim mais sauve ses enfants, le père désespéré qui part sur les routes et y rejoint des centaines de paysans, groupés en troupes loqueteuses marchant vers les villes...

Avec Terede, nous étions soûlés de misère et de larmes. À Woldia, avant de nous installer à l'hôtel, nous avions encore rencontré l'instituteur du village, un jeune homme à fines moustaches qui parlait un bon anglais. Plusieurs semaines auparavant, il avait choisi de fermer son école pour occuper ses élèves à une tâche plus urgente : ensevelir les cadavres qui s'amoncelaient partout et dont personne ne se souciait. Les gosses, armés de pelles et de pioches, enterraient une trentaine de corps par jour.

Je sentais ce soir-là chez Terede un désarroi, une rage qui ne s'exprimaient pas par des mots mais creusaient bizarrement son visage. Jamais, à Addis-Abeba, il n'avait imaginé que son propre pays puisse ressembler à cela. Dans l'unique rue de Woldia, où nous étions ressortis la nuit tombée, des enfants nous assaillaient. Les plus jeunes devaient avoir cinq ans, tous étaient orphelins depuis peu. Privés de leurs parents morts de faim, ils s'étaient organisés en bandes livrées à elles-mêmes, avec leurs chefs et leurs hiérarchies. La nuit était froide, glaciale même, comme souvent en Éthiopie. Tous ces gosses dormaient évidemment dehors, recroquevillés dans l'encoignure d'une maison ou groupés sous un arbre.

L'un d'eux s'était accroché à nous avec une insistance particulière. Il avait sept ou huit ans et grelottait sous le chiffon qui lui servait de vêtement. C'est tout juste si, paralysé par le froid, il arrivait à articuler quelques mots en amharique. Toujours les mêmes : « Emmène-moi, garde-moi… » Nous n'avions aucune raison de nous apitoyer sur celui-ci en particulier. Mais quoi ? Nous avions finalement donné à ce gosse de quoi manger et, surtout, de quoi se tenir au chaud : une grosse couverture achetée pour quelques birrs dans l'une des deux boutiques proches de l'hôtel.

Puis, nous étions rentrés en laissant l'enfant emmitouflé dans sa couverture. Nous n'étions ni très fiers ni bavards. Un peu plus tard, dans la chambre que nous partagions à l'hôtel Saint-Mikael, nous avions l'un et l'autre autant de difficulté à trouver le sommeil. Deux heures plus tard, nous nous étions levés, d'accord pour ressortir un moment dans cette nuit qui n'en finissait pas. Au moins trouverions-nous notre protégé rassasié et endormi. En fait, il errait à nouveau dans l'obscurité, aussi frigorifié qu'avant. À peine l'avions-nous abandonné, deux heures auparavant, que des gosses plus âgés l'avaient roué de coups pour lui voler sa nourriture et sa couverture neuve.

Il nous racontait cela en claquant des dents mais sans pleurer. Nous l'écoutions avec autant de colère que de honte. Mais la colère l'avait emporté.

J'étais allé au bar pour négocier une chambre supplémentaire avec la patronne de l'hôtel Saint-Mikael, une grosse dame amhara enveloppée dans sa *chammas* brodée. Voyant le gosse des rues, elle avait protesté. Il n'était pas question qu'elle loue une chambre à ce « petit mendiant sale comme un pou ». Il avait fallu que Terede hausse la voix et que j'accepte de payer le prix fort pour qu'elle capitule en haussant les épaules. Vers minuit, l'enfant était enfin installé dans une chambre minuscule, au rez-de-chaussée. Cela n'avait pas été simple. Son mouvement de recul, son effroi subit étaient pourtant faciles à comprendre : c'était la première fois de sa vie qu'il allait dormir dans un lit.

Avec Terede, nous avions discuté toute la nuit. Je ne me souviens plus très bien des détails de la conversation. Il avait été question de la dureté humaine, des mensonges du gouvernement, de l'arriération du pays, de l'ignorance des petits bourgeois d'Addis-Abeba. Cette nuit blanche avait scellé entre nous une très forte amitié.

Quelques semaines plus tard, j'étais rentré en France. En janvier 1974, j'avais publié dans *Le Monde* un reportage de plusieurs pages sur cette monstrueuse famine que le palais s'obstinait à nier[1]. Terede, de son côté, n'était pas resté inactif. Revenu à l'université, il

1. À l'époque, le ministre de l'Information avait écrit au journal pour protester contre mes « mensonges ». Trois semaines plus tard, la révolution commençait. L'une des premières revendications politiques mises en avant fut que la lumière fût faite sur cette famine. Une commission d'enquête, présidée par le géographe Mesfin Wolde Mariam, fut nommée aussitôt. Dans son rapport rédigé au printemps 1974, elle évalua à cent dix mille le nombre de paysans morts de faim dans les seules provinces du Wollo et du Tigré.

avait réuni ses camarades pour leur raconter ce qu'il avait vu dans les campagnes. Les étudiants avaient réagi en organisant des collectes, puis en partant pour le Wollo avec l'intention de distribuer eux-mêmes des secours aux paysans. À Dessié, le gouverneur de la province les avait fait bastonner et jeter en prison.

Terede, petit bourgeois sans problème, était sorti de l'épreuve enragé mais surtout politisé. Quelques mois plus tard, revenu en Éthiopie pour y couvrir les débuts de la révolution, j'avais retrouvé en lui un vrai militant. Un espoir était né. Les militaires en révolte faisaient grand cas de la famine et des « mensonges gouvernementaux ». Mes articles étaient cités dans la presse éthiopienne tandis que la télévision diffusait *The hidden famine,* le reportage accusateur de Jonathan Dimbleby, journaliste britannique de la BBC. Avec Terede, nous nous sentions partie prenante dans cette affaire.

À plusieurs reprises, par la suite, j'étais reparti avec lui dans les provinces d'Éthiopie en proie à la révolution. Au nord, au sud, en Érythrée, dans le Kaffa, dans le Godjam, partout où nous le pouvions. Notre amitié s'était approfondie. En 1975, les militaires avaient lancé leur fameuse *zemetcha,* une vaste campagne d'alphabétisation calquée sur le modèle chinois. Elle consistait à envoyer cinquante mille étudiants et intellectuels dans les campagnes pour y « conscientiser » les paysans. Terede était concerné, il avait été convoqué. Un matin, à Addis-Abeba, je l'avais donc amené à l'autobus qui devait le transporter, avec ses camarades, vers une destination inconnue. Il était à la fois anxieux et enthousiaste. Près de l'université, des familles étaient rassemblées avec leurs rejetons – filles ou garçons – qu'on allait arracher à leurs vies citadines. Certaines mères pleuraient.

Mal préparée, détournée de son but, lancée sans directives claires, cette *zemetcha* fut un sanglant fiasco[1]. Des centaines d'étudiants furent tués, soit par les paysans, soit par les militaires eux-mêmes, inquiets de la dérive « gauchiste ». La révolution tournait court, le mensonge et le meurtre reprenaient leurs droits. Plus de trente mille étudiants, dégoûtés, révoltés par le cynisme des militaires finirent par déserter. Faisant cela, ils se plaçaient dans l'illégalité et s'exposaient à la répression. Elle fut sans merci.

Beaucoup de ces jeunes gens rejoignirent donc, dans la clandestinité, les rangs du PRPE. Avec difficulté, je revis deux ou trois fois Terede rescapé, lui aussi, de sa *zemetcha*. Il m'accompagna encore dans plusieurs reportages. Il était amer et virulent. Quelque chose avait changé : il ne me disait pas tout de sa nouvelle vie, je le sentais bien. Nous nous étions quittés, un soir de l'hiver 1977, à la gare de Dire Daoua. Je rentrais en France en passant, en train, par Djibouti. Terede était au bord des larmes en murmurant comme d'habitude : « Sois prudent ! » (c'était un jeu entre nous). J'ignorais que c'était notre dernière rencontre.

Plus jamais je n'ai réussi à retrouver sa trace. Les amis éthiopiens à qui je parlais de Terede s'étonnaient

1. *Une nouvelle* zemetcha *fut lancée, en juin 1984, par le régime communiste. Vingt-huit mille étudiants y furent mobilisés pour construire des maisons destinées aux réfugiés venus du Nord. Elle aussi fut un échec.*

que j'aie tant de mal à accepter l'évidence. Combien y eut-il de milliers de fusillés durant ces années-là ?

***

Vingt-deux ans plus tard, à Woldia, j'insiste auprès de Raymond, Amaretch et Berhanou pour que nous allions boire quelque chose à l'hôtel Saint-Mikael. L'endroit est toujours crasseux. Le bar pue le mazout. Rien n'a changé dans la salle. La serveuse-prostituée nous apporte du thé avec mauvaise grâce. Soudain enflammée de sympathie, Amaretch prend la défense des prostituées en général et de la jeune serveuse en particulier. « Moi, je ne lui reproche rien. Elle a bien raison de mener sa vie comme elle veut. Ça sert à rien les grands mots. »

Les grands mots ?

Dessié : chambres sur parc...

À Dessié, capitale provinciale du Wollo, je cherche en vain des repères, incapable de guider Berhanou qui engage la Pajero dans des impasses innommables. J'ai la mémoire qui flanche. C'est malin ! Les rues grouillent de monde. Comme Addis, cet ancien bourg campagnard est devenu une agglomération sans queue ni tête. Tumulte et bousculades : c'est dans cette cuvette entourée de montagnes que convergeaient jadis les paysans affamés qu'on parquait dans des camps provisoires. Depuis lors, les foules ont continué d'affluer des campagnes environnantes. Comme partout ailleurs, le provisoire a duré. Il dure. La ville est maintenant noyée dans une flaque de cabanes, ceinturée par des quartiers sans âme, peuplée de *bozene* (chômeurs). Officiellement, Dessié compte quatre-vingt-quinze mille habitants, mais le chiffre est à multiplier par cinq.

Intact au milieu de ces pouilleries navrantes, le parc du vieil hôtel Ghion Ambasel en est d'autant plus insolite. Hier bâtiment central de la ville où se retrouvaient officiels et voyageurs, il figure aujourd'hui une enclave retranchée de la misère et de la vie, derrière ses palissades de thuyas, une forteresse de silence hors du réel et du temps. Rien à voir, cependant, avec les Hilton ou Hyatt du tiers-monde, ces cathédrales de verre tombées d'une autre planète et habitées par des Occidentaux. Le charme des vieux hôtels abyssins ne doit rien au folklore colonial ni au faux luxe intercontinental, celui du *Mac World*. Voilà bien longtemps, d'ailleurs, qu'ils ne sont plus aux « normes » des Blancs.

Tous les Ras ou les Ghion provinciaux (les deux chaînes du pays), qui furent construits voici un demi-siècle par le régime impérial – ceux de Harar ou de Gondar, d'Aksoum ou de Dire Daoua –, portent plutôt témoignage de ce qui fut, jadis, une intention moderniste mais désargentée. Leur solennité désuète évoque ces années 50 qui virent les premiers DC3 des *Ethiopian Airlines* se poser sur des pistes d'herbe, tandis qu'Hailé Sélassié, poursuivant le projet réformateur du journal *Lumière et Paix* [1], créé vers la fin des années 20, multipliait les écoles publiques et cherchait encore à briser les vieux conservatismes abyssins.

On y trouve d'incroyables salles à manger hautes de plafond, des salons aux boiseries descellées offrant leurs canapés *modern style* au crêpe effrangé, des tables basses, ornées de napperons en coton écru, des maîtres d'hôtel hiératiques, vêtus de blanc, des chambres immenses avec coiffeuses et miroirs au tain piqué. Un peu partout, des lustres diffusent une lumière d'église. Les salles de bains sont sonores et la robinetterie de style nouille est d'époque.

1. *Ce journal offert par l'empereur aux intellectuels de l'époque – et distribué par des coursiers à cheval – prenait des positions très audacieuses, souvent hostiles à la féodalité et à la hiérarchie de l'Église éthiopienne.*

Rien n'est tout à fait droit dans ces hôtels d'État, rien n'y marche vraiment. Les abat-jour sont de guingois et les fenêtres ne ferment plus. Ce sont des univers songeurs et chuchotants. Seize années de communisme ont passé sur eux sans changer grand-chose, aggravant seulement le parti pris de paperasserie tatillonne qui prévalait déjà sous l'empire. Ici, on rédige encore un reçu réglementaire en trois exemplaires pour le moindre *bouna* (café) facturé un birr (soixante-dix centimes). Mais on l'accompagne d'une archaïque révérence.

Avec Raymond, nous avons pris goût à cet inconfort stylé, à ces souvenirs d'un luxe ancien, digne dans sa splendeur fauchée. Sur les murs, nous retrouvons d'étape en étape les mêmes tableaux d'Afwork Tekle, peintre pompier et gloire nationale. Nous aimons ces parcs et tonnelles à l'abandon, ces tables de jardin en ciment armé et ces vieux messieurs appuyés sur leur canne, ces couples tirés à quatre épingles, pudiquement attablés devant un plateau de thé et capables de se regarder une heure entière sans parler. Le soir, pendant qu'Amaretch et Berhanou courent la ville, nous préférons regarder la télévision en noir et blanc au milieu des habitués, nous faire servir une bouteille de *gouder* ou *soave,* les vins épais de l'Awash éthiopien.

Bientôt, nous passerons à table. Raymond commandera des spaghettis et j'insisterai pour avoir de l'*injera be watt,* rebaptisée ici *national food*. Nous nous surprendrons à chuchoter au lieu de parler. Sans plus penser à rien, nous nous abandonnerons à une mélancolie bienheureuse. Coup de blues assumé sans complexe. Tous ces décors s'évanouiront bientôt. Ils sont les derniers vestiges d'une Éthiopie en voie de disparition. Nous le savons bien. De ce sursis-là, nous ne gaspillerons pas une seule minute.

Le fardeau de l'homme noir

Après Dessié, le Wollo dans lequel nous entrons maintenant est sans doute la partie de l'Abyssinie qui fut la plus filmée, la plus médiatisée. C'est au-delà d'Alamata, dans les montagnes de Korem et Maichew que se trouvaient les principaux camps de réfugiés durant la deuxième grande famine (1984). À la sortie de Dessié, tout un bric-à-brac à ciel ouvert rappelle les mobilisations humanitaires de l'époque : entrepôts des organisations internationales (Oxfam, Save the Children Fund, MSF, CICR...), montagnes de conteneurs vides, alignements de camions démantibulés. Pour l'essentiel, cette logistique est à l'abandon. La fête est finie.

Sur la route, les enfants nous crient des bonjours – ou des injures – en anglais déformé, qui sont l'écho de ce temps déjà lointain où affluaient les *doctors* et les télévisions. Dans les marchés, les sacs de toile plastifiée estampillés au nom des ONG ou des Nations unies, les jerricans et les couvertures sont toujours en service. Ils ont été recyclés, revendus plusieurs fois. Aux portes des villages, dans des prairies souillées d'ordures, se devine encore l'emplacement des anciens camps, comme se voient longtemps, chez nous, les traces d'une frairie. Le temps a passé. La réalité éthiopienne s'est refermée sur cette ancienne turbulence, comme l'eau d'un lac digérant la chute d'un caillou.

Pour défier les mauvais sorts, les chauffeurs de camions jettent une obole aux gardiens des nombreuses chapelles le long des routes.

Il est vrai qu'avec l'humanitaire, ses flonflons généreux, sa rhétorique et ses maladresses, l'Éthiopie a toujours entretenu des rapports délirants. Comme si les hasards de l'Histoire contemporaine avaient permis que soient testés ici, en vraie grandeur, tous les scenarii possibles de « l'ingérence ». Ombres et lumières de la compassion internationale, jeux de rôle, effets pervers, obscénité du populisme caritatif, naïveté et cynisme en alternance : l'Abyssinie aura connu tout et son contraire en moins de vingt ans.

En 1974, la volonté de dissimulation du régime coïncidait avec l'indifférence de l'opinion internationale qui se trouvait mobilisée, il est vrai, sur d'autres fronts (guerre du Kippour en Israël, puis premier choc pétrolier). Mais cette indifférence – cette complaisance – ne procédait pas seulement de l'étourderie. Hailé Sélassié, depuis l'invasion de l'Abyssinie par Mussolini, incarnait aux yeux des Occidentaux la première victime – historique – du fascisme, le tribun accusateur de la Société des Nations qui renvoyait l'imaginaire européen à ses remords et à ses lâchetés[1]. En 1974, l'autocrate vieillissant était encore confusément perçu comme un héros de gauche dans nos pays. En tant que tel, il bénéficiait d'un *a priori* d'indulgence. L'accuser de dissimuler une famine au monde entier, d'affamer

1. Chassé de son pays par l'invasion mussolinienne, Hailé Sélassié prononça le 30 juin 1936, devant la Société des Nations, sa fameuse adresse dans laquelle il demandait justice pour son peuple et réclamait – en vain – que fût honorée la promesse d'assistance votée huit mois plus tôt par cinquante-deux pays «face à un acte d'agression commis en violation du droit international».

son peuple par orgueil n'allait pas de soi dans la presse européenne de l'époque. Je fus bien placé pour le savoir. Trop de précipitation humanitaire, trop d'ingérence eussent frisé le lèse-majesté. De fait, hormis l'Allemagne de l'Ouest[1], peu de pays se mobilisèrent au-dehors.

En 1984, en revanche, confronté au même fléau des *kefou qan* (les « mauvais jours »), le régime communiste adopta une stratégie inverse. Il sollicita avec insistance l'aide internationale. Puis, il s'employa à détourner celle-ci pour servir ses propres desseins – les déplacements forcés de population – ou nourrir ses soldats. À l'excès d'orgueil succédait un excès de cynisme. Ce faisant, Menguistou déclencha un beau tohu-bohu international. En quelques mois, on passa des galas caritatifs organisés par le *showbiz* international (concert Bob Geldorf, en juillet 1985) aux polémiques sermonneuses remettant en cause le principe même d'une aide à la tyrannie. Inscrits dans un climat d'époque dominé par l'anticommunisme, ces réquisitoires partaient d'une bonne intention mais substituaient, sans transition, un manichéisme à un autre. Ils jetaient surtout dans l'air du temps toutes les simplifications et approximations imaginables. L'Éthiopie n'avait décidément pas de chance avec la vérité.

Il avait été absurde, en 1973, d'attribuer au seul mauvais sort, à la sécheresse ou à Dieu[2], une famine

1. Grâce, notamment, à une retentissante campagne humanitaire menée, dès 1973, par le magazine Stern.

2. Jusqu'en 1973, les famines éthiopiennes étaient officiellement présentées comme des fléaux de Dieu. Des processions étaient organisées et le petit peuple invité à la prière.

qui devait aussi – surtout ? – aux iniquités féodales. En 1984, il fut tout aussi abusif de présenter la famine recommencée comme un pur produit du communisme et les déplacements de populations comme une diabolique innovation des « rouges »[1]. Au total, ces colères prenant la pose, ces mobilisations sans lendemain, ces va-et-vient bavards n'ont guère servi l'Éthiopie. Ils ont exaspéré les Éthiopiens les mieux disposés. On ne réduit pas un pays à la seule réalité de ses famines ; on ne fait pas alterner sans inconséquence les mobilisations frénétiques et l'indifférence ordinaire ; on ne sacrifie pas impunément à cette myopie qui est le revers de tout activisme humanitaire. Au milieu des années 80, la médiatisation des famines de Korem ou Mekele contribua à faire oublier que la vraie partie se jouait, pendant ce temps-là, en Érythrée. Hors du champ des caméras.

* * *

Ces vieux comptes ont-ils encore un intérêt ? En Éthiopie, comme dans le reste de l'Afrique, le mot « humanitaire » évoque désormais bien autre chose. De façon plus insidieuse, il désigne une présence blanche, un principe d'organisation, une quasi-culture, une idéologie molle pour temps d'incertitudes. Sur la route, les rares 4 x 4 en bon état que

1. *Cycliques depuis des siècles, les famines se sont répétées à peu près tous les dix ans (1958, 1966, 1973, 1984 pour les quatre dernières). Quant aux déplacements forcés de population, certes meurtriers et critiquables, ils n'étaient pas une invention du régime communiste mais renouaient avec une très ancienne pratique impériale.*

nous croisons appartiennent à des organisations internationales. Dans les villes et les provinces, la plupart des Occidentaux rencontrés travaillent pour des ONG. L'humanitaire est partout. Finie la polémique, commence le malaise.

Coopérants, logisticiens, médecins ou instituteurs expatriés sont devenus les nouveaux *bwanas* du continent noir. Leurs intentions sont irréprochables ; ils parlent de puits à creuser, de projets pilotes et de campagnes de vaccinations ; ils ne sont pas là pour conquérir mais pour aider. *Help, relief, medical, retaliation...* Ils incarnent le Bien et ne ménagent pas leurs conseils aux autochtones. Ils affrontent chaque journée avec une patience apolitique. Dans leurs démarches, ils sont prudents comme des évêques, et, s'ils pestent contre les « paresses » ou les « incompétences » locales, c'est seulement à voix basse, à l'heure de l'apéritif.

Quand, de loin en loin, nous dînons avec eux, les repas entre *farendj* sont plutôt agréables. Le décor est immuable : le carrelage net et les fauteuils en rotin, des objets d'artisanat local sur une étagère et, au mur, des photos de volcans. En général, il y a un vieux numéro de *Géo* ou la sélection hebdomadaire du *Monde* sur une table basse. On boit du Black Label en grignotant des cacahuètes. On ne sait plus très bien ce qui se passe en France mais on fait des gorges chaudes du dernier potin d'ambassade. Tout est bien, jusqu'au moment – inévitable – où affleurent dans ces aimables assemblées une logique, un climat, un vocabulaire que nous digérons mal. Untel se vante de marchander pied à pied avec le petit vendeur de cigarettes du trottoir ; un autre se plaint du salaire – « abusif » – réclamé par son jardinier. Les nouveaux humanistes ont les pieds sur terre, voilà tout. Ces conversations récurrentes nous semblent révélatrices. Et très agaçantes. Disons qu'une présence caritative transmuée en mode de vie colonial[1] est un suprême paradoxe auquel on ne s'habitue pas si vite.

Plus déroutante encore : la contagion locale du patois humanitaire, cette nouvelle langue de bois d'un siècle finissant. Chez les Éthiopiens eux-mêmes, elle occupe peu à peu le vide politique du moment, se substitue à tout le reste, remplace en douceur les anciens catéchismes. C'est un signe des temps. Les ONG locales à vocation humanitaire se multiplient effectivement dans la corne et ailleurs. Au Tigré, l'une des plus puissantes organisations – dépendant de l'État – s'appelle MERET, initiales de *Mehber Rediet Tigray*, qui signifie Association humanitaire tigréenne. Où mène – que dissimule – cette impérieuse invocation du Bien partout en Afrique ? Nul ne le sait mais chacun sent bien que « quelque chose cloche ».

Et que dire de cette ultime surprise trouvée sur notre route, en cet hiver 1995 ? Dans les hôtels de campagne, il arrive qu'un poste de télévision soit installé dans la cour et rassemble, le soir venu, un public de notables et de familles. On a disposé, en arc

1. Sans mauvais esprit, on peut rappeler que le salaire d'un enseignant occidental, dit « titulaire expatrié », est d'environ soixante mille birrs, soit cinquante à soixante fois celui de son homologue éthiopien.

de cercle, des chaises de plastique moulé, chacun prend place et le patron écoule ses canettes de bière Meta. Musique traditionnelle, clips américains et propos compassés, tout est regardé dans le même recueillement. Ce soir-là, néanmoins, la curiosité est plus forte que jamais. Pour la première fois, la télévision éthiopienne propose à tous ces provinciaux des hauts plateaux abyssins rassemblés devant le petit écran… un Téléthon humanitaire. Contre la misère, envoyez vos dons et vos birrs. Contre l'injustice et la famine, un show télévisé en amharique.

De la révolution au Téléthon, du « grand soir » aux soirées sous les sunlights…

Le monastère

À proximité du lac Haïk, nous quittons la route principale pour un chemin de terre qui tourne et retourne au milieu des champs de sorgho. Des enfants montent la garde, debout sur des plates-formes de bois liés, et font tourner leurs frondes pour chasser les oiseaux. Des paysans conduisant leurs zébus s'arrêtent pour observer la voiture et dévisager ses occupants. Sur un promontoire herbu, un camp de vacances pour prolétaires méritants, construit sous le régime Menguistou, avec pavillons et terrains de sport, paraît à l'abandon. Le monastère que nous cherchions est à quelques kilomètres de là, sur une presqu'île avançant dans les eaux du lac. Ce n'est pas seulement un but de pèlerinage, c'est l'un des lieux fondateurs, au XIIIe siècle, du puissant monachisme éthiopien [1].

Nous garons la Pajero à proximité de l'entrée. Amaretch, en tant que femme, n'a pas le droit de pénétrer dans l'enceinte du monastère. Provocatrice – et puisqu'elle n'en a « rien à foutre » – elle avait d'abord suggéré de s'habiller en homme mais elle s'est ravisée. Elle nous attendra, avec Berhanou, près de la voiture. Nous errons bientôt, Raymond et moi, dans

1. L'Éthiopie compte environ huit cents monastères masculins, soit plus que toutes les églises non chalcédoniennes et orthodoxes réunies.

Un jeune guetteur protège avec sa fronde un champ de sorgho.

un grand silence, au milieu des cases délabrées qui servent de logement aux moines. Le lieu est désert, comme le sont les rives opposées du lac Haïk qu'on distingue avec netteté dans la lumière du matin.

Au-dessus de nous, à demi ensevelie sous les arbres, l'église traditionnelle – ronde au toit pointu – semble indiquer le centre du monastère. Une quinzaine de moines, en effet, sont rassemblés sous un auvent, plus silencieux que des statues. Sans un mot, sans une question, ils m'invitent à m'asseoir au milieu d'eux. Une jarre circule et chacun y puise un bol de *talla* (bière locale) qu'accompagne une galette de sorgho, caoutchouteuse et aigrelette. C'est le repas du matin. Je suis associé, bien malgré moi, à ce pieux rassemblement et condamné à mâcher ma galette.

Misère ? Dénuement ? Retrait du monde ? Ce serait peu dire. Les vieux moines qui m'entourent, avec leurs ongles noirs, leurs vêtements en lambeaux, leurs bras décharnés, ont des allures de gargouilles médiévales. J'ose à peine fixer ces visages. Me voilà au centre d'un tableau de Breughel, intégré à une fresque pathétique. Certains moines sont atteints de glaucome ; une fine taie blanche voile leurs yeux. D'autres ont les mains déformées par l'arthrose. Ils puent. On entend des oiseaux piailler au-dessus de nos têtes. Le temps passe ; je ne sais quelle contenance prendre. Je n'ose me lever au risque d'une impolitesse. Sous prétexte de photos, Raymond s'est éclipsé. Longtemps, bien longtemps après, tandis que l'engourdissement me gagne, un moine plus jeune m'invite à ce qu'on pourrait appeler une visite.

Quelques *toukouls*, un hangar modeste, un lacis de chemins au milieu des ronces : la misère de ce monastère est aussi impressionnante que pouvait l'être, jusqu'en 1973, l'opulence de l'Église éthiopienne[1]. Les fermes et les terres que possédait le monastère autour du lac Haïk ont été confisquées sous le régime Menguistou. Ne reste qu'un périmètre de sorgho, sûrement inférieur à un hectare. Au *farendj* venu jusqu'à lui, le jeune moine n'exprime pourtant ni plainte ni revendication.

Il me conduit jusqu'à la pointe de la presqu'île. Raymond nous a rejoints. Nous ne savons pas très bien où notre guide veut en venir mais voilà que, debout, au bord d'une eau très sombre, dans l'absolu silence des montagnes, le moine commence à soliloquer dans un mauvais anglais. En chuchotant, il touche parfois mon bras pour me prendre à témoin.

C'est de Teklay Haimanot[2] qu'il nous parle, de ce saint illustre qui vint à Haïk vers la fin du XIIIe siècle et fonda, par la suite, le monastère de Debre Libanos, dans le Choa. Il évoque cette époque comme s'il s'agissait d'hier. Le jeune homme a tant à dire qu'il enchaîne les phrases sans reprendre sa respiration. Récite-t-il une leçon ? Se libère-t-il, pour un moment, d'un silence monastique trop pesant ? Nous s'en savons rien. Teklay Haimanot, raconte-t-il, trouva ce lac infesté de démons. Avec l'aide de l'ange Gabriel,

1. *Selon un rapport officiel du patriarcat, rendu public en 1974, l'Église possédait quelque trente mille gachas, soit un million deux cent mille hectares.*
2. *À ne pas confondre avec l'empereur du même nom, qui régna de 1769 à 1777 et fut assassiné en 1779 par le Ras Goshu.*

il fit bouillir les eaux et transforma les démons en rochers. Voyez cette pierre, et celle-là. Le moine m'invite à toucher les blocs de basalte noir pour me convaincre du prodige. Puis il poursuit son discours, les yeux fixés sur la surface du lac où « marchait chaque jour Teklay Haimanot ». Combien de temps parlera-t-il ? Peu importe. Nous sommes bien plus troublés que nous ne l'aurions imaginé. Ni Raymond ni moi ne songeons à sourire.

Vers la fin de la matinée, nous quittons à regret ce colloque de fantômes, accompagnés par mille bénédictions. Près de la Pajero, Amaretch et Berhanou, grimpés sur les grosses branches d'un arbre, écoutent à plein volume une cassette d'éthio-jazz[1]. Ces jeunes gens sont-ils exagérément sacrilèges ? Pas tant qu'on pourrait le croire. En remontant dans la voiture, Amaretch, fraîche et belle dans son T-shirt moulant, se tourne vers moi : « J'étais folle de vouloir me déguiser en homme. Je respecte quand même ces choses. Tu comprends ? »

Sa mine est grave.

Archaïque et affamée, l'Église éthiopienne irradie encore quelque chose…

1. *Mouvement musical très riche et productif qui fut lancé, notamment, par Mulatu Astatke.*

Hauteurs…

Nous le pressentons. Après Maichew, vaste cuvette où les troupe de Mussolini prirent leur revanche en mars 1936[1], nous allons quitter quelque chose. Mais quoi ? Non point l'Éthiopie mais cette écrasante majesté montagnarde que les géographes appellent la *dega*. Ce pays sombre et dur, reclus depuis des siècles dans sa « hauteur », aux deux sens du terme. Les Amharas, plus encore que les Tigréens, sont portés à la gravité et à l'orgueil (au mélo, dit volontiers Amaretch). Comment s'en étonner ? Voyez un peu leur pays…

On a tant écrit sur les splendeurs de l'Abyssinie que nous répugnons à en rajouter. À chaque virage, désormais, nos émerveillements sont tels, notre émotion si forte que nous préférons le silence. Des clichés nous viendraient vite aux lèvres, des phrases… Nous arrêtons de plus en plus souvent la voiture au milieu d'un village, ou au détour d'un lacet, juste pour nous asseoir sur une pierre et passer des moments de pure contemplation.

Ces vallées immenses, ces pâturages étagés sur les pentes, ces lacs vert sombre où s'ébrouent des chevaux, la lenteur des gestes, la solennité des démarches… Peu de pays sont, autant que celui-ci,

1. *Quarante ans, exactement, après leur défaite d'Adoua en 1896.*

Quel plaisir pour un étranger…

… de voyager dans cette Éthiopie millénaire…

… que de discrétion, de gentillesse…

… jamais un geste, une attitude hostile…

voués à cette sorte d'altitude physique et intérieure. Le Tibet, peut-être, ou la cordillère andine auxquels les spécialistes se réfèrent lorsqu'il est question de l'Abyssinie. Mais ces comparaisons, elles-mêmes, sont insuffisantes. Les chiffres en font foi : par sa densité et son importance, le peuplement en altitude de ce pays est sans équivalent dans le monde.

Ainsi le cœur de l'Abyssinie, son imaginaire, sa peine et son orgueil se trouvent-ils résumés dans cette idée de hauteur obstinée, « l'étage de prestige », disent les géographes. Une telle solitude haut perchée, une précarité si redoutable et si permanente ont fini par produire, après trois mille ans de récoltes[1] jamais assurées, cette magnificence hautaine.

Elle nous laisse sans voix.

1. *Je fais référence ici au film exceptionnel, réalisé – en noir et blanc – dans les années 70 par le cinéaste éthiopien Hailé Gerima :* La Moisson de trois mille ans.

La porteuse d'eau

Un simple détail, parfois, suffit à notre honte. Il est certains malaises qui font partie du voyage. Les taire serait mensonge, les exagérer serait complaisance. Je n'ai jamais très bien su que faire de ces péripéties infimes qui, de loin en loin, viennent bousculer le train-train d'un récit et poser des questions sans réponse.

Sur la route, peu avant Mekele, nous crions soudain la même phrase à Berhanou : *« Stop the car ! »*. Raymond enrage qu'il ne s'exécute pas assez vite, la photo est un art de l'instant. Sur la piste, à cinquante mètres, un fillette marche vers nous en tenant dans chaque main un jerrican de plastique jaune presque aussi gros qu'elle. La petite n'a pas dix ans, elle est pieds nus sur les cailloux, son visage est crispé par l'effort. Les jerricans remplis d'eau sont si lourds qu'elle titube, toute seule sur le chemin, inclinant son buste en avant, regard baissé vers le sol. Elle est belle. Dans son dos, une envolée de montagnes, rendues proches par la transparence de l'air, ajoute à la beauté dérangeante – terrible – de la scène.

Raymond est sorti le premier de la voiture, Leica à la main. Je lui ai emboîté le pas. Rarement, l'évidence d'une photo s'est à ce point imposée. Levant les yeux, la petite fille découvre soudain ces deux *farendj* marchant vers elle. Elle pousse un cri de frayeur, laisse tomber ses deux jerricans et détale sur la piste, courant à perdre haleine. L'eau se répand déjà à gros bouillons dans la poussière. La course désordonnée de l'enfant, là-bas devant nous, exprime l'intensité de sa peur. Elle se retourne à plusieurs reprises comme si deux bêtes sauvages la poursuivaient. Nos sommes furieux contre nous-mêmes, honteux surtout. Et désemparés. Mais que faire ? Courir derrière l'enfant pour la rattraper ne ferait qu'ajouter à sa terreur. Empoigner les deux jerricans que nous avons redressés lui laisserait croire que nous profitons des circonstances pour la voler. Et puis, elle avait déjà gravi une longue pente avant de nous croiser, si bien que redescendre les bidons à sa suite anéantirait son effort. Quant à remonter dans la voiture, esquive sans gloire…

Nous sommes condamnés, par notre fait, à vivre un petit désastre jusqu'à son terme. L'incident n'est pas si anodin. Il fait instantanément affleurer ce qu'en temps ordinaire, vaille que vaille, nous feignons d'oublier : la brutalité inattentive du tourisme, l'ontologique sottise de toute curiosité « exotique ». Ce qu'exprime la petite paysanne du Wollo en fuyant éperdument notre présence, beaucoup d'hommes et de femmes l'ont sans doute éprouvé – et dissimulé – au fil de notre route. Nous préférions ne pas y penser mais nous savions. Tout voyageur se persuade que son regard est différent et sa démarche noble. Le « touriste », c'est l'autre.

Foutaise…

Muets, les bras ballants, avec des précautions involontairement comiques, nous suivrons la fillette

… toujours cette dignité.

à bonne distance, jusqu'au pied de la pente où elle disparaîtra dans un groupe de paysans. Raymond a rangé son Leica. Il n'a pas envie de rire. Moi non plus. Cette phrase de Nizan : « Tout voyage est une suite de disparitions irréparables [1] ».

1. Aden Arabie, *op. cit.*

Tigré : le pays des vainqueurs

C'est en pénétrant dans la province du Tigré que tout change pour de bon dans notre voyage. Le paysage, certes, mais bien autre chose qu'il faut un peu de temps pour identifier : le climat général, les gestes des gens, le *tempo* de la vie quotidienne. Nous sentons cela de façon physique, comme si nous avions basculé sur un autre versant du réel.

Autrefois, lorsqu'on parvenait aux limites du Tigré, on s'étonnait de voir l'aridité caillouteuse succéder si rapidement aux gras ruissellements du Wollo, les maisons de pierres sèches remplacer les *toukouls* de chaume, un univers vaguement arabique – ossifié, poussiéreux – relayer l'épaisseur végétale du pays amharas. On était plus surpris encore d'éprouver, dans les villages, je ne sais quelle impression de confins oubliés, de périphérie ingrate. Je me souviens de mes premiers séjours à l'Abraha Hôtel qui, à l'époque, surplombait la ville. Mekele, capitale du Tigré, figurait une bourgade somnolente, éparpillée sur un vaste plateau sans verdure et battu par le vent. Les Amharas régnaient à Addis, le Tigré n'était pas l'enfant chéri de l'empire…

Tout est différent aujourd'hui.

Arrivant en fin d'après-midi, c'est une cité astiquée et industrieuse que nous trouvons. Peu de

Aksoum, un obélisque du royaume de la reine de Saba.

mendiants dans les rues, des trottoirs nets et des chantiers ouverts. On entend des bruits d'excavatrice et des coups de marteau. Des petits hôtels aux façades peintes ouvrant sur des cours ont été construits depuis peu. Des écoliers en uniforme défilent dans la rue principale. On aperçoit même des jeunes filles en survêtement appliquées à leur *jogging*. Nul ne s'irrite ici de voir Raymond photographier les passants. On nous arrête sur les trottoirs pour le simple plaisir d'échanger quelques mots. Comme Hanoi, où nous étions ensemble en 1992[1], Mekele, capitale d'une province en état de résurrection, affiche une ingénuité entreprenante qui séduit aussitôt.

L'impression est nette : le temps, ici, s'est remis en marche. La ville n'est pas riche mais l'Histoire y a repris son cours. En quelques dizaines de kilomètres, nous sommes sortis de cette ombrageuse éternité du Choa ou du Wollo. À Mekele, l'explication du changement d'atmosphère tient en peu de mots : nous sommes dans le pays des vainqueurs. Si les Tigréens tiennent difficilement le pouvoir à Addis-Abeba, chez eux, c'est une libération historique qu'ils célèbrent.

Et sans retenue.

À l'est de la ville, sur une colline faisant face à l'Abraha Hôtel, un monument triomphal a été inauguré durant l'été 1995. Vaste pilier quadripode surmonté d'une boule dorée, illuminé *a giorno* par de gros halogènes, il honore la victoire militaire des

1. *Voir* La Colline des Anges. Retour au Vietnam. *Éd. du Seuil, 1993.*

combattants du Front populaire de libération du Tigré sur l'armée éthiopienne du régime Menguistou. L'emblème du mouvement est forgé dans le métal : un marteau, une Kalachnikov et une étoile mais aussi, en arrière-plan, une colonne monolithe d'Aksoum, premier royaume abyssin et cœur historique du Tigré. Sur le parvis de granit, des statues de bronze immortalisent l'épopée des guérilleros : combattants quittant les leurs, ennemis gisants, femmes au combat, paysans mobilisés fusils brandis vers le ciel. Quelque chose se trouve exalté ici qui n'est pas vraiment idéologique : toute une symbolique de la discipline consentie, dressée contre la corruption et la brutalité ; un héroïsme en soi, un guévarisme christique, victorieux de ce brejnévisme africain qu'incarnait Menguistou.

Le rapprochement, sur le même blason, de la Kalachnikov et de la stèle d'Aksoum ne procède pas d'un simple souci esthétique. Il signifie qu'au Tigré le « temps court » du combat armé et de l'idéologie guévariste débouche déjà sur le « temps long » de l'Histoire. La victoire d'un maquis ultra-marxiste aboutit à une réhabilitation de l'ancien négus tigréen Yohannes IV, de l'identité tigréenne et du royaume d'Aksoum[1]. À Mekele, on restaure l'ancien palais de Yohannes pour en faire un musée. Une route nouvelle vient d'être construite vers les montagnes du

1. Depuis le milieu des années 70, il est vrai, deux rébellions distinctes incarnaient, face au régime Menguistou, l'irrédentisme tigréen : l'une monarchiste et traditionaliste, l'Ethiopian Democratic Union de Mengesha Seyoum ; l'autre marxiste radicale, celle du FPLT. C'est cette dernière qui l'a emporté.

Un paysage du Tigré…

Tembien, jusqu'alors peu accessibles mais riches en églises monolithes et monastères qui se trouvaient négligés depuis des siècles au profit de Lalibella, en pays amhara. Dans les documents officiels, on invite le visiteur à découvrir là-bas « la patrie de combattants héroïques comme Yohannes IV et le ras Allula Abba Nega[1]. »

Belle leçon tigréenne ! Elle vaut pour le pays tout entier. C'est l'Histoire plutôt que l'actualité qu'il faut convoquer sans relâche dans l'Éthiopie d'aujourd'hui. Ses rappels en disent plus que les *news*. Voici plus d'un siècle, l'accession au pouvoir de l'empereur tigréen Yohannes IV (en 1872) avait ressemblé, trait pour trait, à cette victoire contemporaine du Front de libération du Tigré (1991). C'était déjà pour protester contre le centralisme brutal du négus amhara Théodore II que le gouverneur du Tigré, ras Kassa Sabadagis, avait pris les armes dans sa province et vaincu ses rivaux, avant d'être couronné empereur, à Aksoum sous le nom de Yohannes. Son règne de douze années (1877-1889) favorisa une brève renaissance tigréenne, économique mais aussi culturelle, dont le souvenir n'a pas été oublié. Pour un temps, se trouvait battue en brèche la séculaire domination des Amharas.

Cent vingt années plus tard, de la même façon, les Tigréens, ayant conquis le pouvoir en Éthiopie, n'entendent pas seulement favoriser leur province – « réparer une injustice », disent-ils – en profitant de sa

1. L'un des chefs – tigréen – des armées réunies par Ménélik à Adoua en 1896.

proximité avec l'Érythrée indépendante. Ils veulent aussi refonder la mémoire éthiopienne de sorte que soit rappelée une vérité oubliée à dessein : le royaume d'Aksoum et son port d'Adoulis furent bel et bien au commencement de tout ; c'est d'abord au Tigré, et non point chez les Amharas, que naquit la civilisation abyssine. La mémoire n'est pas une donnée, c'est un enjeu.

Et l'Histoire se répète. Exactement. Incroyablement. Comme si l'idéologie des maquis n'avait jamais été qu'un langage, un moyen, une arme, un véhicule de combat. Naïvetés d'hier… À Mekele, les Tigréens de rencontre sont porteurs de ce message-là, tout comme les rares livres imprimés depuis peu sur du mauvais papier. L'un d'eux exprime bien cette volonté de reconquête de la mémoire à la pointe du fusil. Se proposant de réhabiliter la « part tigréenne » de la civilisation éthiopienne, il est dédié aux deux mille cinq cents civils massacrés en 1988 par l'armée de Menguistou dans le village de Hauzien, non loin d'Adoua[1]. Et désormais vengés.

À Mekele, l'avenir est à reconstruire. Mais le passé plus encore.

***

En prenant la route pour parcourir la province, on comprend qu'il en soit ainsi. De Mekele à Addi Agri, Adoua, Aksoum, nous nous enfonçons dans un pays caillouteux qui porte encore – quatre ans après – les

1. *Belai Giday,* Ethiopian Civilization, *publié à Addis-Abeba, par l'auteur, en 1992.*

stigmates de la guerre. Une guerre civile jamais racontée, jamais filmée, jamais photographiée. L'une de ces tragédies oubliées du monde et qui, loin des regards, peuvent charbonner sous la surface des choses, des années durant, et dévaster un pays en profondeur. Le Tigré fut ainsi. Depuis le milieu des années 70, une guerre à éclipse, faite de coups de main et de furieuses répressions, y opposa les *fighters* du FPLT aux gros bataillons de l'armée éthiopienne qui montaient vers le nord et la fournaise de l'Érythrée[1]. Une sous-guerre, en somme, sur les arrières de la vraie qui, elle-même – depuis 1963 –, ne mobilisait pas grand monde au-delà des frontières ; un oubli au carré, pourrait-on dire ; l'une de ces énigmatiques péripéties exotiques n'affleurant à la surface de l'actualité que, très exceptionnellement, lorsque telle équipe humanitaire occidentale se trouvait prise en otage. Les morts du Tigré ? Autant parler de l'Irian Jaya, de Timor, des Tamouls du Sri Lanka… Va-t-on mobiliser CNN pour ça ?

Guerre de pauvres, égorgements et mitraillages sans témoins. Les villages où nous pénétrons sont encore isolés de la piste principale par la destruction des ponts. Pour les atteindre, nous faisons de longs détours par le lit des torrents. Poussière et misère noirâtre, au milieu de ces maisons délabrées. Ici et là, on distribue du grain aux paysans. Là, des jeunes gens

1. Le Front populaire de libération du Tigré ne dut son développement et ses succès militaires qu'au soutien que lui apportèrent, dès le début, les maquis indépendantistes érythréens. Il permettait à ces derniers – qui parlent la même langue, le tigrinia, d'entretenir un front actif sur les arrières de l'armée éthiopienne.

désœuvrés se plaignent de l'isolement absolu qui les tient en exil : un autobus ou un camion tous les quinze jours. Raymond assure que tout ici lui rappelle la cordillère des Andes ou le Pérou des Indiens. Quelques rares détails tranchent sur la pauvreté, collages loufoques, incohérences habituelles du voyage : un transistor branché sur un panneau solaire et marchant à plein volume, une moto enduro à peu près neuve, appuyée sur un mur de pierres sèches, un homme qui passe, baladeur à l'oreille...

Depuis que nous avons quitté le Wollo, tout s'est inversé entre Amaretch et Berhanou, jusqu'à modifier le climat à l'intérieur de la Pajero. Amaretch, qui est amhara et tenait le premier rôle depuis Addis-Abeba, ne dit plus grand-chose. Elle ne parle pas tigrinia et incarne ici, bien malgré elle, le camp des oppresseurs. Berhanou, en revanche, est tigréen. Dans le Choa ou le Wollo, il se montrait timide et discret. Le voilà chez lui. C'est sa revanche. Il interpelle sans hésiter les paysans pour demander notre route ; il répond en les regardant droit dans les yeux à ces hommes en armes qui, parfois, veillent sur un *check point*.

Nous voulions faire étape à Adoua, haut lieu du nationalisme abyssin et patrie des nouveaux dirigeants du pays. Mais il n'y a rien à Adoua ; rien qu'un peu de misère, un décor de façades écaillées sur la place Menafesha (du jardin) où des jeunes gens rêvent à voix haute de devenir *businessmen* et nous regardent avec des yeux ronds quand on les interroge sur la bataille historique du siècle dernier. Adoua ? Ils ont entendu quelques vieux en parler mais ils n'ont rien appris là-dessus à l'école. C'était une matière « à option »...

Adoua, la rue principale.

À Aksoum, nous séjournons deux jours et deux nuits dans un étrange décor pour touristes, mais sans touriste ; un périmètre de stèles dédaignées et de boutiques sans clients ; une rue principale où errent des guides bilingues au chômage ; les bungalows inhabités d'un vieil hôtel qui, jadis, fut renommé dans toute l'Abyssinie. Moment suspendu, halte rêveuse et promenades sans fin au milieu d'une nuit d'encre. Les jeunes filles qui s'y promènent, bras dessus bras dessous, sursautent en reconnaissant deux *farendj* dans cette ville qui n'en voit plus guère. En pouffant, elles jettent des promesses pour rire dans l'obscurité qui les protège : *I love you…*

La nouvelle frontière

Nous approchons de l'Érythrée. Tout est changé. Il faudra montrer passeports et visas.

À lui seul, le décor de cette nouvelle frontière, réinventée en 1993[1], résume un siècle d'Histoire, plusieurs décennies de guerre et une irrésistible dérive africaine. Il se répartit de part et d'autre de cette rivière Merab dont toutes les chancelleries de la région ont gardé le souvenir. C'est là que les colonisateurs italiens, vaincus à Adoua au siècle dernier, avaient dû borner leurs ambitions. Ils avaient conquis l'Érythrée mais ils n'iraient pas plus loin. Un traité – contesté – consacrerait bientôt l'indépendance de l'Éthiopie, amputée de sa province maritime. Celle-ci connaîtrait dès lors, durant soixante années, un destin à part. Colonie italienne, modernisée et développée, elle hériterait progressivement d'une identité spécifique, de traditions industrielles, syndicales, urbaines, qui lui conféreraient une indiscutable avance sur le vieil empire agraire d'Abyssinie.

Placée sous mandat britannique après la défaite de Mussolini, en 1942, elle fut pourtant réintégrée, en 1962, à l'Éthiopie grâce aux manœuvres obliques

1. L'indépendance de l'Érythrée a été proclamée le 24 mai 1993, à l'issue d'un référendum organisé les 23, 24 et 25 avril de la même année.

d'Hailé Sélassié. Les puissances occidentales – en dette morale à l'égard du négus – le laissèrent agir. Pour les Érythréens, cette annexion fut vécue comme une régression historique.

La guerre d'indépendance commença aussitôt.

Paradoxalement, les indépendantistes en lutte contre Addis-Abeba réclamaient donc que fût restaurée et non point abolie une ancienne frontière coloniale. À la brutalité colonisatrice des Amharas d'Éthiopie, on opposait, en somme, le sursaut d'une identité forgée par une autre colonisation, italienne celle-là. Ce fut toute l'ambiguïté de cette guerre. Elle prit le monde à contre-pied, à commencer par l'Afrique et l'OUA[1]. Elle était trop déroutante pour que l'opinion internationale s'y intéresse.

Trente ans après, voilà l'Érythrée indépendante et cette nouvelle frontière que nous allons passer est vieille d'il y a un siècle…

Le climat n'est pas le même d'un poste de douanes à l'autre. On peut le comprendre. Pinaillages infinis et mauvaise humeur ostentatoire du côté éthiopien. (Nous attendrons plusieurs heures dans la touffeur d'un village minuscule, soumis aux sautes d'humeur de la police et de la douane nonchalantes.) Côté érythréen, en revanche, on nous accueille dans cette ambiance assez « scoute » qui était celle des maquis. À l'abri d'une baraque luisante de propreté, sous une affiche patriotique célébrant l'indépendance, on nous

1. Hormis celle-là, toutes les guérillas indépendantistes du continent noir se battent, d'une façon ou d'une autre, contre l'arbitraire des frontières coloniales que la charte de l'OUA dans son article premier a choisi de perpétuer. Le cas érythréen fut atypique dès l'origine.

La coiffure de ces femmes n'a guère changé depuis la visite de la reine d'Égypte Hatshepsout, il y a 3000 ans !…

prodigue des amabilités et des conseils. Le douanier a de faux airs d'instituteur et calligraphie nos noms sur un cahier d'écolier. « Vous entrez dans un pays très jeune. »

Justement…

Asmara : le jour le plus long

Ni cette douceur d'Asmara, capitale de l'Érythrée indépendante, ni ces avenues bordées de palmiers et de roses trémières, ni ces façades ocres ou mauves à l'italienne, ni cette netteté des places sans détritus ni mendiants, ni ces réminiscences toscanes ou piémontaises que nous sentons dans l'air, rien de tout cela ne supplantera dans nos mémoires ce premier spectacle.

C'est d'abord lui qu'il faut évoquer.

À deux pas du centre, dans le vallonnement d'un terrain vague, s'entassent des centaines de tanks T56, automitrailleuses PT76, camions gros ou petits, pièces d'artillerie, véhicules blindés, orgues de Staline ou transports de troupes. Tous sont de fabrication soviétique. Ils sont alignés à perte de vue, empilés sur plusieurs niveaux, portières kaki battant au vent, canons ou palans dressés vers le ciel. Raymond est désorienté par un je-ne-sais-quoi d'excessif dans ce spectacle. Pour dire la vérité, nous n'avons jamais rien vu de pareil, nulle part, rien qui eût cette ampleur symbolique… Ce prodigieux amas de ferraille, c'est tout ce qu'il reste des divisions éthiopiennes, prises au piège d'Asmara par la progression des forces érythréennes au mois de mai 1991. Vers Keren ou

Asmara, le cimetière de chars éthiopiens...

Afabet, dans ces défilés d'Asherum ou de Kogaï, en direction de Massaoua ou vers Addi Kaye, les ravins d'Érythrée sont pareillement encombrés de ces amas d'épaves, blindés noircis, camions déchiquetés que l'URSS avait acheminés ici, par milliers. C'est tout ce qui demeure d'une machinerie de fer et de feu qui, jusqu'au bout, tenta d'écraser ces *shiftas* (bandits) dressés contre le colonisateur abyssin.

De cette déroute-là, on a peu parlé au-delà des frontières. Les témoins étrangers étaient rares ; il n'y avait pas de caméras, le monde avait d'autres chats à fouetter ; l'Érythrée n'a jamais mérité le *prime time*. Et pourtant ! S'il existe un endroit sur la planète où l'onde de choc produite par l'effondrement de l'URSS se sera aussitôt inscrite dans le réel, c'est bien ici. Et de quelle manière !

La débandade commença pour de bon le 24 mai 1991, lorsque les cent vingt mille soldats éthiopiens concentrés à Asmara, après des replis successifs, surent qu'à mille deux cents kilomètres de là leur « camarade président », Menguistou Hailé Mariam, avait quitté – trois jours auparavant – Addis-Abeba menacée elle-même par l'avancée des *woyanes*[1]. Menguistou en fuite, la défaite était consommée pour les divisions éthiopiennes assiégées par les Érythréens. Restait à s'échapper, mais par où ? En direction de la mer, la retraite était coupée car, à mi-chemin vers Massaoua, le front de Ghinda avait cédé. Au sud, le front de Dekamere était verrouillé

1. Avec l'aide des services spéciaux américains, désireux de favoriser une transition « en douceur » à Addis-Abeba.

par les combattants du Front populaire de libération de l'Érythrée (FPLE). Le quasi-encerclement d'Asmara venait d'être renforcé par une nouvelle route stratégique – la route *Rouba Hadas* – percée en quelques mois à travers les montagnes par les maquisards. Ne restait, au sud-ouest, qu'un itinéraire incertain vers Keren, Agordat, Tessenei et la frontière soudanaise.

C'était fini.

Certains généraux ou colonels s'étaient déjà rués vers les hélicoptères de la base aérienne d'Asmara pour s'enfuir vers le Soudan. D'autres avaient préféré se donner la mort. On raconte qu'à Massaoua, la belle villa de la signorina Melotti porta très longtemps sur ses murs blanchis à la chaux la trace des giclées de sang et de cervelle des officiers éthiopiens ayant choisi le suicide, canon dans la bouche. D'Asmara, c'est à pied que partirent des milliers de soldats ; en longues colonnes, en petits groupes, ou même seuls. Jusqu'à Keren, sur cette corniche en lacets sinuant au milieu des hauts plateaux, la fuite s'effectua à marche forcée, à peu près en bon ordre. Au-delà, il fallut descendre dans l'aride canicule des basses terres, s'engager sur ces pistes de poussière et d'épines que plombait le soleil, affronter la soif.

On vit ce jour-là des soldats sans armes supplier les villageois, que hier encore leurs aviateurs bombardaient au napalm, de leur donner un peu d'eau. On en vit d'autres, par dizaines, préférant se pendre au premier arbre venu ou s'affaler sur la route pour y mourir, la tête abritée dans les mains. Dans les jours qui suivirent, sur des kilomètres, on pouvait trouver à l'ombre de chaque arbre, les cadavres de

… et de véhicules militaires.

ceux qui, jusqu'au dernier moment, y avaient cherché refuge. Tous n'étaient pas les tortionnaires dénoncés par la littérature érythréenne. Écoliers enrôlés de force par les sbires de Menguistou, paysans mobilisés à la hâte, chômeurs raflés dans les rues d'Addis et soûlés de propagande, beaucoup finissaient ainsi une aventure qu'ils n'avaient pas choisie. Eux payaient au prix fort l'effondrement terminal du soviétisme.

Dans l'extrême sud de l'Érythrée, une autre déroute avait lieu ce même jour. Les vingt mille Éthiopiens de la garnison d'Assab, menacés d'encerclement, s'étaient lancés avec armes et bagages vers la frontière djiboutienne. Longues colonnes de camions et de chars, jetées dans la fournaise du désert dankali ; soldats désabusés, sourds aux derniers ordres, privés de vivres et d'eau jusqu'à échanger une Kalachnikov contre un Coca Cola. Passée la frontière du Ras Doumeira, cette piteuse armada s'enfonça vers l'intérieur de la petite République par la nouvelle route de l'Unité, contournant le golfe de Tadjourah. Au passage, elle brada une partie de ses armes aux militants afars du FRUD qui n'en espéraient pas tant. La guerre est une contagion, un flambeau qu'on se passe, une vérole qui chemine. Elle cheminera[1]...

Il y eut un début de panique à Djibouti. Les soudards abyssins, affolés par la faim et la soif, allaient-ils déferler sur la ville avec leurs tanks et leurs

1. *Cette récupération d'armes éthiopiennes par le FRUD permit à ce dernier, quelques mois plus tard, d'engager le combat contre les soldats gouvernementaux du président Gouled.*

camions ? Il fallut faire intervenir la Légion étrangère et monter à la hâte l'opération Godoria. Elle consistait à ravitailler et à désarmer, en douceur, les fuyards éthiopiens pour convoyer ensuite leurs colonnes à travers la petite République vers l'autre frontière avec l'Éthiopie[1].

Des dizaines de milliers de déserteurs se dispersèrent ensuite dans toute la région. Certains trouvèrent refuge au Kenya. La plupart hantent toujours les rues des villes éthiopiennes, vivant de rapines ou de mendicité. Sur un trottoir d'Addis-Abeba, on vit surgir d'étranges va-nu-pieds comme cet anonyme, accroupi derrière un écriteau de carton : « Je suis colonel. J'ai fait mon devoir. Je suis allé combattre en Érythrée. Je n'ai plus de quoi vivre. » À Harar, entre la *Douk Bar* (porte principale) et le marché chrétien, une rue entière est affectée à ces nouveaux mendiants, trafiquants, petits vendeurs de cigarettes ou d'allumettes : deuxièmes classes, sous-officiers, capitaines ou colonels parfois, ce sont les soldats en haillons de l'ancien négus rouge, les vaincus de l'Histoire au regard vide.

La guerre d'Érythrée était finie.

Elle avait duré trente ans.

1. Du nom d'un promontoire rocheux – les « tables de Godoria » – situé entre Obock et la frontière avec l'Érythrée. Cette opération aboutit à la confiscation provisoire de vingt mille armes, deux cents blindés et sept cents véhicules qui furent, ensuite, restitués aux autorités éthiopiennes.

Nakfa, des tranchées près de Den Den.

Nakfa : trente ans de solitude

Après de longues heures de piste dans les ravins du Sahel[1], après des kilomètres de lacets vertigineux et d'oueds sablonneux où la voiture patine, Mehretou nous a conduits sur une crête en altitude, à deux cents kilomètres d'Asmara. Nous sommes aux portes de Nakfa, au pied d'une montagne bossue – *Den Den* – qui appartient à la mémoire héroïque de l'Érythrée. Il y a du vent. À nos pied, en contrebas, s'étend la vallée du *Hedaï*. Nous errons, Raymond et moi, dans un labyrinthe de tranchées à moitié comblées, de bunkers de fortune garnis de troncs d'arbres, d'amas de rochers criblés d'impacts. De part et d'autre, les même tranchées courent sur le flanc des montagnes, escaladent les cols, strient les pentes de leurs cicatrices.

Des larmes nous viennent aux yeux. Peut-on dire cela ?

À terre, lorsque nous nous penchons pour examiner des éclats d'obus, fragments de roquettes, ailettes de mortiers, douilles d'artillerie, nous apercevons des ossements épars. Omoplates ou fémurs, mâchoires,

1. À ne pas confondre avec cette région équatoriale d'Afrique qu'on appelle le Sahel. Il s'agit ici de l'une des neuf provinces de l'Érythrée. J'emprunte le titre de ce chapitre à l'excellent film de Didier Martiny : Érythrée : trente ans de solitude.

morceaux de crânes : ce sont des vestiges humains. Trop d'hommes et de femmes sont morts ici pour que l'on ait pu, sur un si grand espace, ensevelir chaque dépouille. Ce front de Nakfa fut le Verdun de l'Érythrée ; un verrou stratégique, comme on dit, un combat d'usure, un massacre étalé sur des années dans ces hauteurs où les tranchées ennemies se trouvaient si proches, parfois, que les soldats s'interpellaient d'une ligne à l'autre ou se renvoyaient les mêmes grenades, comme un mortel ballon de jeu. On appelait *Rigole* l'un de ces secteurs mitoyens. En italien, le mot signifie penalty. Mais ce face-à-face dura bien plus longtemps qu'à Verdun…

C'est ici, à la limite de l'ingrate province érythréenne du Sahel, que butèrent l'une après l'autre toutes les offensives de l'armée éthiopienne, appuyées par l'aviation, les hélicoptères et, parfois, les canons de marine de la flotte soviétique tirant depuis la mer Rouge[1]. C'est principalement ici que s'accomplit cet événement somme toute énigmatique, sans équivalent dans l'Histoire contemporaine : une guérilla partie de rien, privée d'appuis extérieurs durables, sans vrai soutien dans l'opinion internationale, tenant tête aux assauts de centaines de milliers de soldats venus battre ses lignes comme un ressac.

J'avoue qu'une absolue stupéfaction m'habite en revenant à Nakfa. Nul ne mesura, au-dehors, l'ampleur de ces combats. Pas même le journaliste que je fus.

1. À partir de 1976, il y eut huit grandes offensives lancées par l'armée éthiopienne contre les maquis d'Érythrée. La plus importante fut celle de 1982, baptisée « Étoile rouge » et mobilisant environ cent mille soldats.

Les restes d'un hôpital souterrain clandestin.

J'ai pourtant séjourné assez longtemps dans les maquis érythréens. Vers la fin des années 70, j'ai vécu dans les retranchements de la base arrière de Blekhât. J'y ai connu les hôpitaux du FPLE et les ateliers souterrains, les convoyages nocturnes, les crapahuts éprouvants dans les ravins du Sahel, la prise – et la perte – de plusieurs villes. La libération de Keren ! Avec quelques autres, j'ai « couvert » du mieux que j'ai pu les victoires et les défaites de cette guérilla lointaine dont se fichait le reste du monde.

Or, depuis que nous sillonnons l'Érythrée rendue à la paix, une question me tourmente à laquelle je suis bien incapable de répondre. Que savions-nous, au fond, de la vérité ? Comment avons-nous pu, si durablement, confondre cette guerre avec une vague guérilla du tiers-monde ? À quoi sert le journalisme ? La paix qui survient est un moment de vérité. Les coulisses deviennent accessibles. On peut enfin faire des comptes plus exacts. Fichu métier !

Des tranchées analogues à celle de *Den Den,* il en existe plusieurs centaines de kilomètres dans toute l'Érythrée. Le pays n'a plus d'arbres. Les forêts ont été coupées par les soldats éthiopiens ou les maquisards pour consolider leurs bunkers respectifs. L'ancienne ligne de chemin de fer construite par les Italiens entre Massaoua et Agordat a été démontée sur deux cents kilomètres, rail après rail, traverse après traverse, pour renforcer les tranchées. Au bord des routes, de village en village, s'alignent aujourd'hui des « Cimetières des patriotes », enclos de pierres chaulées et plantés d'arbustes. On construit partout des monuments aux morts. Tout nous renvoie, y compris les statistiques, aux boucheries de notre Grande Guerre[1].

L'Érythrée ne fut plus, pendant des années, que le lieu de deux acharnements arc-boutés l'un à l'autre. Guerre totale, avec blindés et artillerie, mobilisation obstinée et prouesses stratégiques : qui savait vraiment cela ?

À Nakfa, nous logeons dans un ancien bunker réservé jadis aux invités des maquis : deux pièces à plusieurs mètres sous terre, où l'on trouve encore des graffitis marquant le passage de telle délégation. Tout autour, le décor évoque lui aussi ces photos sépia de notre après-guerre de 14-18, avec champs de ruines, baraquements provisoires et chantiers ouverts dans les gravats. Cette petite ville de six mille habitants, juchée sur un plateau, fut cent fois bombardée, réduite en cendres, rasée mais jamais conquise. Pour les Érythréens, elle est la capitale symbolique du pays. On peut le comprendre.

Mehretou, notre nouveau guide, est déjà notre ami. Ancien *fighter* aux allures du Vittorio Gassman d'*Il Sorpasso,* il a passé – en continu – dix-huit années dans les maquis. Dix-huit années ! Deux de ses frères y sont morts. Sa sœur, combattante elle aussi, a accouché là-bas de son premier enfant. Mehretou n'a été blessé « que » trois fois. Il parle pourtant de cette guerre avec je ne sais quelle modestie légère. Nous

1. On estime que la guerre a fait, au total, un million de morts côté éthiopien, soixante-dix mille côté érythréen, pour une population de trois millions d'habitants. Il faut y ajouter plusieurs centaines de milliers de réfugiés partis à l'extérieur, dont quatre cent mille au Soudan.

Nakfa, un petit barrage sur la rivière Mehô.

avons du mal à obtenir de lui autre chose que des notations laconiques. Mais sa présence nous ouvre toutes les portes. Il appartient à cette confrérie des *fighters* qui tient aujourd'hui le pays et tâche de s'adapter à la paix.

Où que nous allions, où que nous fassions halte, il trouvera deux ou trois de ces camarades de combats qui, rituellement, se saluent d'une bourrade répétée, épaule gauche contre épaule droite pour finir par un *abrazo* rapide. Ce qui unit ces hommes-là résistera au temps. Le soir, nous n'en finissons pas de l'interroger. Comment tout cela fut-il possible ? Il nous répond par une boutade : « Nous savions ce que nous voulions. »

Nakfa nous impressionne au-delà de tout ce que nous imaginions. Je reconnais ces moments qui surviennent dans tout voyage. La réalité apparaît soudain si forte qu'elle en devient indicible. Le soir, sur les lits de camp du bunker des invités, nous avons du mal à trouver le sommeil. Ces moments de profond désarroi tiennent en une question : que faut-il écrire au juste ? Comment transmettre – au plus près – ce qui cette fois nous submerge ? Faut-il décrire, patiemment, ce champ de ruines perdu dans les montagnes ? Rapporter les inquiétudes du maire qui réclame une meilleure piste entre Nakfa et Keren ? Recueillir mille récits de combattants ? Devons-nous restituer le détail des combats ? Évoquer nos visites dans les ravins alentour où se désagrègent les hôpitaux souterrains et les écoles *Zéro* [1] bâtis jadis par

1. *Le FPLE avait créé, dans les maquis, tout un système scolaire – les écoles* Zéro *– d'un excellent niveau.*

Un bon thé sur la route.

les combattants ? Faut-il noter, malgré tout, la douceur du soir, quand les troupeaux remontent vers la rivière *Mehô* ? Parler du sourire spontané des petites marchandes de dix ans qui, au passage, nous offrent une orange en agitant la main ?

Nous voilà tremblants au bord de la nuit, tentés de trouver absurde notre propre voyage. Que faisons-nous là, au juste ? Écrire ? Mais de quel droit ? Cette victoire d'Érythrée est une prodigieuse exception. Elle mériterait toutes les caméras, tous les micros du monde. Ce n'est pas vraiment une affaire de « politique ». Ici, Raymond, les va-nu-pieds l'ont emporté sur les puissances et les armées régulières ! Ici s'est produit un événement inouï, sans guère d'équivalent sur la planète : la défaite des logiques de fer, des raisons d'État et du cynisme international. Et nous sommes là, seuls dans les ruines du Sahel... L'unique groupe électrogène qui dessert Nakfa vient de s'arrêter, comme chaque soir. Nous n'avons pas encore allumé les chandelles du bunker. Mehretou et Makonnen, le chauffeur, sont partis boire de la bière avec les *fighters*. Raymond me parle longuement, dans le noir, de ce qu'il appelle l'usure du regard.

Notre sentiment d'impuissance, ce soir-là...

Récit de la combattante

C'est une jeune femme belle et douce, rencontrée à Asmara. Rien, sur son visage, ne trahit ce que fut sa vie pendant quatorze ans. Y a-t-il beaucoup d'exemples au monde d'une femme passant quatorze années dans les maquis ? Sans un répit, sans une trêve, sans une « permission »... J'écoute parler, parler encore la combattante. Tant de justesse interdit d'ajouter un seul commentaire. J'ai pris ces phrases sous la dictée, comme elles venaient. Exactement.

« J'avais seize ans, en 1977, quand j'ai rejoint le front. Je vivais à Addis-Abeba avec ma mère. J'étais une bourgeoise, je n'avais jamais connu autre chose. À l'époque, les gens du Derg assassinaient tout le monde. Je ne pouvais pas continuer à vivre comme ça. Je suis partie en Érythrée avec des camarades. Pour être honnête, je croyais que le Front gagnerait rapidement la guerre. Je ne pensais pas que tout cela durerait des années.

« Je me souviens qu'au tout début la nourriture qu'on nous donnait m'a semblé épouvantable. De la farine de sorgho cuite avec du sel : je me disais, ce n'est pas possible, je ne peux pas manger ça. Alors, je ne mangeais presquerien. Et puis, dans le Sahel, pousse un arbre particulier, le *hadaï*, dont les racines courent partout dans le sol et donnent à l'eau un goût salé. Je n'arrivais même pas à boire le thé. J'ai mis longtemps à m'habituer. Et puis, il y avait certains détails qui peuvent sembler ridicules. Dans les vallées du Sahel où se trouvait notre base arrière, il y avait des nomades *tigre*[1] avec leurs troupeaux. Le soir, au campement, ils faisaient griller leur café. Cette odeur de café grillé qui envahissait toute la vallée montait jusqu'à nous. Nous qui n'avions que du sorgho et du sel. C'était dur…

« Je n'avais jamais touché un fusil de ma vie. J'ai suivi un entraînement sévère. Nous étions très politisés, très motivés, on se sentait unis et égaux. La solidarité était forte. La première fois que j'ai vu un cadavre, c'était peu de temps après mon arrivée au Sahel. Je croyais que c'était un bout de bois. On m'a dit, mais non, c'est le squelette d'un soldat éthiopien. Il y en avait partout. J'avais du mal à le croire. Petit à petit, je me suis habituée. Au début de chaque combat, j'avais peur. On tirait tous ensemble. Personne ne pouvait savoir lequel d'entre nous avait tué un soldat. Un fois, pourtant, j'ai tiré et j'ai vu très nettement un Éthiopien tomber. Je me suis dit, ça y est, tu viens de tuer un être humain ! Mais j'ai gardé cette émotion pour moi.

« J'ai eu la malaria. J'ai été blessée trois fois. Mais ce n'était pas très grave. La troisième fois, c'est une balle qui m'a traversé la jambe droite. Je me suis endurcie. Ce qui m'aidait à tenir debout, c'est la

1. À ne pas confondre avec la province éthiopienne du même nom. Les tigre (sans accent) musulmans constituent l'une des neuf « nationalités » d'Érythrée. Les huit autres sont les Tigré (avec accent) les Saho, les Bilen, les Afars ou Danakils, les Kunama, les Rasheida, les Nara et les Hidarib.

volonté de faire aussi bien que les hommes, de tenir sa place, de ne pas faiblir. C'était difficile. Il y avait ces jerricans de vingt litres d'eau ou ces gros troncs d'arbres qu'il fallait transporter jusqu'aux tranchées, dans la montagne. Il y avait aussi ces choses dont une femme n'aime pas parler mais qui existent. Par exemple, quand les règles vous arrivent en plein combat. On ne veut rien dire, on ne veut pas donner l'impression qu'on cherche un prétexte pour retourner vers l'arrière. Alors, on reste comme ça, avec du sang…

« Dès le début, au front, j'ai appris à ne pas être trop optimiste. En 1978, il y a eu la retraite stratégique. J'ai compris que la guerre allait durer. En 1985, on a pris Barentu, puis on a dû se retirer. Alors, quand on a pris Afabet en 1988 [1], je m'interdisais de rêver. Je ne voulais pas y croire. Je n'étais pas la seule, c'est long quatorze ans. Beaucoup de combattants avaient fini par se convaincre qu'ils ne verraient jamais l'indépendance, qu'elle arriverait après leur mort. Certains ont voulu faire des enfants pour cette seule raison : les enfants, au moins, connaîtraient peut-être la victoire. D'autres faisaient ce qu'on appelait des mariages de désespoir.

« Pour ne pas sombrer.

« Ça n'avait pas beaucoup de sens. Pour ces mariages, les règles étaient très strictes. Il fallait

1. La prise d'Afabet par les combattants du FPLE, le 19 mars 1988, a été un tournant de la guerre parfois comparé à un Dien Bien Phu éthiopien. Afabet, en effet, l'un des principaux quartiers généraux de l'armée éthiopienne, était aussi un formidable dépôt de matériel. Sa capture a permis au FPLE de se doter d'une puissance de feu (blindés, artillerie) supérieure à celle de l'armée de Menguistou.

d'abord l'autorisation du responsable d'unité. Puis le Front permettait aux jeunes mariés de vivre un mois ensemble, après quoi ils étaient affectés à des endroits différents. En réalité, on se mariait sans se connaître. On croyait s'aimer parce qu'on avait les mêmes opinions politiques. La plupart de ces mariages n'ont pas tenu.

« Moi aussi, je me suis mariée et j'ai divorcé peu après. Mais je n'ai pas voulu avoir d'enfants. J'ai été très sage de ce point de vue. Je voyais bien ce que les enfants avaient à manger dans les maquis du Sahel : un peu de lait, de la farine parfois. Pour un bébé, l'insuffisance alimentaire peut avoir des conséquences graves. Je ne voulais pas courir ce risque.

« De toute façon, il faut comprendre ce que représentait, pour une fille, l'arrivée au front. Dans nos familles, le poids de la religion et de la morale était très lourd. Il était impossible de se faire un ami garçon sans qu'il soit aussitôt question de mariage. L'arrivée au front bousculait tout ça. Nous avions l'impression de construire une société nouvelle. Les parents étaient effrayés, surtout dans les familles musulmanes.

« Quand la guerre s'est arrêtée, quand il y a eu l'indépendance, je me disais : ce n'est pas possible, je rêve ! Enfin, maintenant, nous avons la victoire ! Ça m'a fait un drôle d'effet de retrouver Asmara. Nous en avions rêvé pendant quatorze ans. La ville n'avait pas changée. Mais nous savions tous que la paix serait plus difficile encore que la guerre. Si le pays se développe, s'enrichit, alors on se sera battu pour quelque chose. S'il devient un chaos, ce sera très difficile pour nous tous.

« Pour beaucoup de combattants, le simple retour à la vie civile a été très dur. Ils n'ont pas de diplômes, ils n'ont pas appris de métier. Autour d'eux, dans les magasins d'Asmara, ils voient des tas de choses qu'ils aimeraient bien posséder mais ils ne peuvent même pas aller dans les cafés pour boire de la bière. Ils redécouvrent l'importance de l'argent, des différences sociales, toutes ces choses qui n'existaient pas au front.

« Et puis, on voit revenir toutes les vieilles habitudes, les traditions que nous combattions dans le Sahel. Au front, par exemple, les hommes trouvaient normal de faire la même chose que nous, la cuisine, la vaisselle. De retour à la vie civile, ils ont vu leurs sœurs ou leurs mères se moquer d'eux à cause de cela. Alors, ils ont vite repris leur habitudes d'homme. Ils redécouvrent aussi, avec la paix revenue, le poids intact de la religion, l'obsession des convenances, l'impossibilité de faire un mariage mixte. Au fond, la société n'a pas changé.

« Les anciens *fighters* qui veulent se marier aujourd'hui préfèrent épouser une femme de l'arrière, qui n'a jamais été combattante. Ils pensent qu'elle sera plus douce, plus agréable. Nous, les combattantes, nous leur faisons peur. Nous incarnons la femme qui a fait la guerre, qui a tué. Je ne sais pas si je me remarierai un jour. Je suis devenue trop forte pour un homme.

« C'est ça le problème. »

Asmara, un climat doux, du soleil, des palmiers…

Épiphanie...

À Asmara, je retrouve l'hôtel Nyala, ses lustres en faux cristal, ses fauteuils de Skaï noir et le carrelage du *lobby* enguirlandé de philodendrons. C'est ici – en 1975, 1976, 1977 –, que les clandestins du FPLE me donnaient des rendez-vous à hauts risques. Ils venaient jusque dans ma chambre. Nous chuchotions. Terede traduisait. Dans Asmara, les forces spéciales éthiopiennes faisaient la chasse aux sympathisants du Front pour les étrangler, sans autre forme de procès, avec du fil électrique. Au matin, on trouvait toujours quelques cadavres des « suspects » sur les avenues.

Mais je n'ai pas envie, cette fois, de rameuter trop de mélancolie. Du balcon de ma chambre, au quatrième étage, je regarde Asmara noyée de soleil, le clocher de l'église catholique, l'immeuble de la télévision en construction, le dédale des rues proprettes... Sur cette ville, sur ce pays, règne une gaieté légère, un climat d'épiphanie fragile. C'est la première fois, depuis notre départ de Paris, qu'une telle allégresse nous assaille. Comme si nous avions passé, pour de bon, la porte des Larmes, pour déboucher quelque part au-delà des tragédies. Quelque chose chante dans l'air de cette ville qu'un sourd entendrait. Dévastée et endeuillée, l'Érythrée se veut le pays des commencements.

Elle l'est.

Des rues à l'italienne…

… avec des petits commerces…

On y parle de projets, de reconstruction, d'investissements, de tourisme attendu, de reconversions en tous genres. Dans les claires avenues d'Asmara, sans mendiants, sans prostituées ni clochards, dans ces squares à l'italienne où bavardent des écolières en uniforme bleu roi, il se trouvera toujours un adulte pour réprimander quiconque – enfant ou grande personne – s'aviserait de mendier. Les Érythréens se tiennent très droits, un peu raides, dans une dignité cher payée. Nul n'entendra plus ici un seul mot d'amharique, qui fut pourtant la langue officielle – et celle des oppresseurs – pendant trente années. Dans les ministères et les bureaux, d'anciens *fighters* travaillent devant des écrans d'ordinateurs. Les hommes d'affaires occidentaux, venus aux nouvelles, n'en reviennent pas de trouver un pays sans corruption ni fortunes tapageuses.

État de grâce ? Moment béni ? Parenthèse ?

Bien sûr que oui. Personne n'est naïf en Érythrée ! Qui pourrait l'être dans ce pays ? Le miracle durera ce que dure les miracles. Chacun sait cela. Bientôt viendront les orages, conflits et désillusions ordinaires. Mais justement... Cette clairvoyance affichée donne tout son prix à cet « arrêt sur image », à ces premiers instants d'une victoire encore étourdie d'elle-même.

On reconnaît, certes, dans Asmara, les symptômes de tout après-guerre : ces impatiences démocratiques, ces journalistes qui renâclent sous la tutelle, ces partis rivaux qui poussent leur corne derrière l'unanimisme de façade, cette pauvreté qui perdure, etc. Mais c'est ailleurs, au plus profond, qu'une sorte de fermentation est amorcée. Elle met en présence deux composants

… une trattoria… une jolie serveuse…

… des courses cyclistes… des adolescents…

qui rétroagissent déjà l'un sur l'autre: culture de guerre contre culture de paix; gravité ombrageuse des maquis contre insouciance jouisseuse de l'arrière.

Le moment approche, en somme, où l'on passera du glorieux combat à sa fastidieuse célébration; un seuil se trouvera franchi au-delà duquel la lutte se dégradera en culte obligatoire, l'héroïsme en rappel rabâcheur, le romantisme des maquis en tyrannie du souvenir et les héros de *Den Den* en anciens combattants syndiqués. Ce ne sont pas des formules vides mais d'autres douleurs annoncées. Nous suivons Mehretou dans ses détours et ses rencontres; dans les cafés ou les restaurants d'Asmara, il nous présente ses copains *fighters,* toujours nets et obstinément «moraux» dans leurs jugements. Mehretou lui-même répugne à la tricherie et affiche un civisme sourcilleux, directement hérité du maquis. Viendra un jour, il le sait, où cette belle gravité passera de mode. Dès demain peut-être…

Au-dehors, sur l'avenue des Martyrs ou celle de la Libération, circulent des minets et minettes en pantalons ajustés et T-shirts fluos. Ils s'arrêtent pour lécher chaque vitrine et connaissent bien mieux les films de *Rambo* ou la biographie de Michael Jackson que le martyrologe du FPLE. À l'hôtel Nyala, des jeunes gens nous avouent sans la moindre gêne qu'ils veulent échapper – à tout prix – au service national obligatoire. À leurs yeux, Mehretou et ses amis sont déjà des «raseurs».

Ce malentendu cardinal est vieux comme les guerres finissantes. Soit. Mais en Érythrée, sa violence est à la mesure de la douleur accumulée. Et du temps. Trente ans… Je pense parfois au poids que pesèrent chez nous – sur deux ou trois générations – les souvenirs de la Grande Guerre ou ceux de la Résistance. L'une dura quatre ans, l'autre à peine trois… C'est à l'aune de ces infinissables commémorations qu'il faut mesurer le grand deuil érythréen : trente années de combat continu ! Dans la voiture, toutes les chansons que nous écoutons à la radio parlent de la guerre. Elles sont belles. Le chanteur Wedi Toukoul, dans *Salina,* évoque les combattants de Massaoua attaquant les lignes éthiopiennes par les marais salants et mitraillés, enfoncés dans le sel jusqu'à la ceinture. Un autre tube célèbre le martyr de *Magoulla,* ce premier tankiste à s'être jeté sur la presqu'île de Massaoua et qui fut carbonisé dans son char. Bereket Araïa, ancien journaliste de la télévision, chante la paix reconquise sur un air assez *country* :

Vous les oiseaux, vous pourrez trouver de l'eau pure
Vous les mères, vous ne pleurerez plus
Vous autres, vous ne courberez plus la tête
Chacun pourra gonfler sa poitrine…

Les téléfilms érythréens que nous regardons avec Mehretou, le soir, dans les hôtels, tricotent eux aussi de sempiternelles histoires de combattants trahis et d'amours impossibles. Les romans populaires, les bandes dessinées, les livres pour enfants que nous feuilletons dans les librairies, ne parlent encore que des combats d'hier et de la tyrannie vaincue. Il y a aussi les affiches, les timbres-poste, les monuments et le nom de rues… Mais quoi ? Qui ne pardonnerait à

… des églises et la messe le dimanche.

ce pays de vivre dans une mémoire héroïque, même si elle est insistante? Ici, le souvenir d'une guerre si longue, obstinément conduite et gagnée, n'est pas seulement une « culture » originelle, c'est le vrai fondement de l'identité nationale[1]. On n'a pas fini d'entretenir ce feu-là...

Les manières spartiates du premier président érythréen, Issaias Afeworki, son peu de goût pour le protocole et les honneurs, sa susceptibilité patriotique agacent parfois les diplomates en poste à Asmara. « Les guerriers ont du mal à se transformer en gouvernants », disent-ils. Quoi d'étonnant?

Il n'empêche que montent aussi de la société érythréenne une volonté d'oubli, un appétit de bonheur, d'insouciance et de consommation, un syndrome « années folles » comparable à ce qu'il pouvait être chez nous, au tout début des années 20. Le libéralisme économique choisi par le régime[2] promet aux plus malins des « affaires » mirobolantes, annonce de nouveaux riches et des jeunesses dorées. Les Érythréens qui rentrent aujourd'hui de l'étranger où ils vécurent loin de la guerre, friment en louant de grosses voitures et jouent les nababs avec leurs dollars...

C'est dans cette société frémissante, impatiente, électrique que se trouvent jetés les invalides de guerre sur leurs tricycles rouges à moteur qu'on aperçoit

1. C'est d'abord dans la colonisation italienne, puis – surtout – dans la lutte, que s'est forgée l'identité nationale d'un pays par ailleurs très composite, divisé entre neuf nationalités et neuf langues principales.
2. Le FPLE avait renoncé officiellement au marxisme dès son deuxième congrès de 1988.

dans les rues d'Asmara. Quant aux *fighters,* qu'on démobilise par milliers avec une prime de dix mille birrs (sept mille francs) pour solde de tout compte, ils sont les héros de l'indépendance.

Et les nouveaux pauvres de l'Érythrée.

Toutes les paix ricanent. Saloperie de guerre !

Retour à Keren

Ici, ne rien dire, faire silence…

À Keren, je monte seul jusqu'au sommet de ce pylône d'observation qu'un Italien extravagant, le signor Pascuse, ancien propriétaire du Keren Hôtel, a fait dresser sur le toit de l'immeuble. Tout là-haut, sur cette étroite plate-forme métallique qui oscille dans le vent, on peut embrasser la totalité de cette « petite pierre[1] » crayeuse, cité des papayes, des citrons, du miel et des bijoux. On aperçoit, à perte de vue, comme une croûte de terrasses blanches, d'euphorbes et de minarets que surplombent quatre montagnes aux noms chantants : *Kasetaye* à l'est, *It Ahber* au sud, *Sankill* à l'ouest et *Lallemba* au nord. Plus à l'ouest, le mont *Halhal* qui contrôle l'accès aux basses terres frontalières fut – avec *Den Den* – le front principal de cette guerre.

Le bonheur qui m'habite, cette fois, ne regarde que moi. Nulle ville, jamais, n'aura occupé dans mes pensées autant de place que Keren. Et pendant des années. Revenir jusqu'ici, une fois au moins… C'est fait. Pourquoi Keren ? Pour quelques raisons claires et d'autres qui le sont un peu moins. Lorsque je vins dans les maquis érythréens, cette « ville blanche » et lointaine, juchée à mille trois cents mètres d'altitude,

1. *En langue bilen,* Keren *signifie « petite pierre » ou « petit caillou ».*

Une fin de journée…

… vue du toit de l'hôtel Keren.

sur les hauts plateaux, figurait la citadelle magique, objet de mille préparatifs combattants, enjeu mythifié du combat, inépuisable source de rêves pour les *fighters* exilés dans les pierrailles navrantes du Sahel ou les sables du Nord-Soudan. Chaque nuit, sur les bivouacs, il était question de Keren que l'on « prendrait bientôt ». On évoquait ces bastions aux noms de femmes qu'avaient édifiés tout autour les soldats éthiopiens, comme l'avaient fait les Français dans la cuvette fatale de Dien Bien Phu. Les combattants juraient qu'ils monteraient bientôt à l'assaut sous l'éventail des mitrailleuses et le plongeon mortel des hélicoptères.

Sous la lune, on parlait rêveusement de douceurs attendues, d'ombres fraîches et de repos. Keren incarnait une victoire promise, une cité récompense. Elle serait bientôt conquise. Elle le fut en 1977[1]. C'est au lendemain de cette bataille impeccablement gagnée que j'entrai dans cette ville, sur les talons des combattants.

Je me souviens de cette joie désordonnée, des cortèges sur les avenues, des carcasses encore fumantes des blindés éthiopiens, des femmes endimanchées, des marchés qui sentaient le gingembre et l'oranger. Keren n'était pas la première ville conquise par les *fighters*, elle ne serait pas la dernière, mais quelque chose ici faisait symbole. Et depuis toujours. Au centre de la ville, la forteresse monumentale qui coiffe le mont

1. C'est en mars et avril 1977 que les combattants du FPLE s'emparèrent de Nakfa, Afabet et Keren. La ville fut reprise par les Éthiopiens l'année suivante, en juillet 1978. Elle ne sera « libérée » qu'en 1990, lors de l'offensive finale des forces érythréennes.

Tigu date de l'occupation égyptienne et ottomane. C'est à Keren et pas ailleurs que s'était installé, en 1885, le mirobolant aventurier suisse Werner Munziger. C'est Keren enfin – avec Massaoua – qu'aimèrent d'amour les colonisateurs et planteurs italiens qui chantaient la rengaine *Faceta nera* (face noire) sans penser à mal. *(Quand j'ai rencontré la femme noire, mes pieds sont devenus du plomb…)* Keren, ville d'odeurs, de marchés profus et de songes où les femmes Bilen enveloppées de soies fines et de châles, appareillent chaque soir comme des voiliers.

Du grand projet italien, des traces demeurent un peu partout dans cette ville : gare délabrée du chemin de fer, villas de style rococo, avec vérandas à colonnades, clochetons, chiens-assis et tonnelles ensevelies sous les hibiscus ou les bougainvillées, maisons peintes et rues à arcades, avenues démesurées sous les frondaisons, irrigation murmurante des orangeraies d'*Elaberet*[1]. Tout évoque ici je ne sais quelle obstination heureuse et menacée. Jusqu'à ce baobab sacré de sainte Mariam Dearit, objet de pieux pèlerinages, dont le tronc creux protégea miraculeusement, dit-on, les soldats italiens qui s'y étaient réfugiés. C'est à Keren en effet, autour du *Giro Fiori* (« cercle de fleurs ») qu'en 1940-1941 les soldats du général Orlando Lorenzini avaient résisté – follement – pendant quatre-vingt-dix jours aux assauts britanniques. Ici, derrière les projets ultra-

1. *Avec ses mille deux cents hectares d'agrumes, ses élevages et son système d'irrigation, la plantation d'Elaberet, créée par un Italien, Guido de Nadai, est l'une des plus importantes réalisations agricoles de toute la corne de l'Afrique.*

Un commerçant Bilen…

... un jour de marché...

OKI
OKI
OKI

où les femmes et les hommes…

… sont séparés naturellement.

marins du siècle dernier, les plantations odorantes des années 20, l'héroïsme combattant des années 70, se devine, au fond, la même énergie effervescente, la même idée d'un « nouveau monde » à bâtir et d'une « autre vie » à commencer.

Pendant des années, sans trop savoir pourquoi, j'ai intériorisé cette charge de rêves combattants et de projets impossibles. On pourrait en rire, mais c'est ainsi. Cela n'avait rien à voir avec la politique ou le journalisme. Certains noms propres – toujours – ont chanté comme des appels à l'oreille des hommes : des cités de Sibola aux monts Tumuc Humac, de Cipango à Samarcande, Aran ou Tombouctou. Songes impossibles et magnifiques, violences craintes mais douceurs annoncées. Une autre vie, la vraie vie, le lieu et la formule… Pour moi ce fut Keren. Cinq ans, dix ans après mon premier voyage, j'articulais encore en secret ces deux syllabes que les Italiens écrivent *Cheren* et dont j'aimais la musique. J'en fis un roman [1], Dieu me pardonne.

J'y suis revenu.

Je rôde sur le marché aux cent chameaux, au milieu des étals de grains et de vanneries, je m'attarde dans la ruelle des bijoutiers *bilen,* impassibles sous leurs turbans bleutés. Je bois du thé poivré à l'ombre des terrasses en écoutant les prières du soir tomber des minarets fissurés par les obus. Au diable, les rhétoriques et les explications ! Tout se ramène à la simplicité d'une *sensation*. Pourquoi en dire davantage ?

1. Le Voyage à Keren, *Arléa, 1988.*

Les ruines de la gare de Maï Atal.

À deux pas du marché, sur la pente ensoleillée d'une colline, s'étage un singulier cimetière : mille deux cent vingt-huit tombes alignées et bordées de haies piquantes. Ce sont celles des fantassins italiens et des *ascari* érythréens tombés, face aux Britanniques, entre octobre 1940 et mars 1941. Le cimetière est méticuleusement tenu et son gardien, un beau vieillard de Keren, nous en fait les honneurs. Les soldats, blancs et noirs, y sont alignés côte à côte. Y compris ceux – *asacaro ignoto* – dont le nom ne fut jamais retrouvé.

La logique coloniale ne fut pas toujours celle qu'on imagine. De 1896 à 1935 et 1941, ce ne fut pas contre les Italiens mais à leurs côtés que luttèrent les Érythréens[1]. Ici, en somme, le colonisateur le plus ardemment combattu était noir. Il parlait amharique. Keren brouille les pistes et casse les fausses certitudes.

Oui, tout est bien…

1. Il y aurait beaucoup à écrire sur les liens spécifiques qu'entretiennent les Érythréens avec leur passé colonial. Sans négliger, loin de là, les humiliations, les discriminations et le racisme ordinaire qui accompagnèrent la colonisation italienne, ils reconnaissent sans complexe, aujourd'hui, tout ce qu'ils lui doivent. Il est vrai qu'ils ont chèrement payé le droit d'être sereins.

La ville devant la mer

Et puis, un matin, nous replongeons d'un seul mouvement vers la mer : de deux mille mètres d'altitude à zéro, le voyage s'achève en toboggan. Une pente déraisonnable nous fait rebrousser en un clin d'œil ce long chemin qui nous avait hissés jusqu'aux cimes pathétiques d'Abyssinie. Nous piquons vers les plats rivages, les sables, les mirages qui tremblent, les transparences aquatiques et le corail bleu des îles Dahlak. Rien ne ressemble, je crois, à cette dégringolade, toute de lacets et précipices, qui, dès la sortie d'Asmara, nous jette vers Massaoua, tout en bas, dans les vapeurs floues et la canicule.

Dans ce septentrion arabo-africain, la citadelle abyssine s'avance comme un promontoire abrupt au-dessus de la mer Rouge, comme l'à-pic d'un balcon qu'on devrait descendre par une échelle de corde. Cet exhaussement exagéré au-dessus des voiles et des îles frappa de stupeur tous les conquérants de l'Abyssinie arrivés par la mer ; c'est lui qui fit la singulière réputation de ces *Habashas* toisant le monde du haut de leurs remparts et de leurs monastères accrochés dans le ciel. C'est dans ces lacets abrupts que s'élancèrent, en 1936, les deux cent soixante et onze mille hommes et douze mille véhicules de Mussolini. C'est pour triompher de ces hauteurs formidables que les Italiens avaient édifié le plus long funiculaire du monde[1]. C'est au-delà de ces murailles couronnées par les nuages que les Érythréens ont conduit leur terrible affaire et bâtissent, aujourd'hui, un pays.

Il nous faut *redescendre,* comme on le dit d'un *voyage* à l'opium, refaire, mais en accéléré, le parcours physique et mental qui séparait la fournaise de Djibouti des fraîcheurs odorantes de Dire Daoua et de toute l'Éthiopie. Une allégresse bizarre habite la voiture que conduit Makonnen. Mehretou, marquis de Carabas aux fous rires généreux, nous fait les honneurs d'un pays à reconstruire pierre à pierre. Nous nous arrêtons cinq fois, dix fois... Ici, des villages qu'on repeuple; là, d'anciennes bourgades à l'italienne aux tonnelles fleuries de mauve; là-bas, des ravins striés de tranchées que le temps désagrège, des vallons poudrés d'argile et des belvédères suspendus au bord du vide.

De virage en virage, nous sentons monter vers nous – lentement – l'haleine brûlante des basses terres. Pour l'effet de stupeur qu'elle procure, l'étape Asmara-Massaoua est une curiosité géographique. *Trois saisons en deux cents kilomètres,* clament les premiers slogans touristiques de l'Érythrée indépendante; la Suisse et le Sahara aux deux bouts d'un trajet d'à peine deux heures. Avec, à mi-chemin, la douceur tempérée de Ghinda, cité meurtrie que surplombe un mausolée tout neuf, dédié aux « patriotes ».

Notre dernière halte est pour la petite gare de Maï Atal (littéralement: le puits aux chèvres). Ici s'arrêtait le train italien qui tenait chaque jour le pari d'escalader

1. Long de quatre-vingts kilomètres, il fut entièrement démonté et volé par les Anglais – comme le furent la plupart des usines de la colonie italienne – durant le mandat britannique (1941-1950).

Massaoua, la vieille ville…

cette montagne, avec force tunnels, remblais et viaducs[1]. Il n'en reste que des pans de mur sucés par le vent. Quelques ouvriers sont à l'œuvre sous le soleil. De partout, de chaque colline, de chaque falaise, on ramène les rails et traverses rouillées qui y avaient été hissés pour consolider tranchées et bunkers. Mètre après mètre, l'unique ligne de chemin de fer du pays est ainsi reconstituée comme un Meccano. Ce qui aida à la guerre resservira à la paix. À elle seule, cette *récupération* dit, tout à la fois, la misère du pays et l'énergie qui l'habite.

Le ciel est blanc. La chaleur brûle nos nuques. Nous marchons sur l'ancienne voie. Commencé sur le toit d'un train colonial, notre voyage retrouve ainsi le tracé d'un chemin de fer. Inauguré dans les ruines d'Obock, il finit dans l'effervescence d'un chantier. Parti de la désespérance djiboutienne, il s'approche de la mer reconquise. Mehretou chantonne. L'Érythrée commençante, joli clap de fin...

Droit devant, au-delà du bref désert de Dogali dont l'Histoire se souvient[2], on aperçoit d'ailleurs Massaoua.

Massaoua !

***

Même ligne blanche sur la mer, même lumière crue qui tremble comme un mirage, même aplatissement

1. Inaugurée en 1911, cette ligne de cent dix-sept kilomètres, entre Massaoua et Asmara, comprenait dix-neuf viaducs, vingt-neuf tunnels et treize gares pour une pente moyenne de trente-cinq pour mille. La ligne fut prolongée, en 1922, jusqu'à Keren et Agordat.

2. Le 26 janvier 1887, à Dogali, une colonne de cinq cents soldats italiens, commandée par le colonel De Cristoforis, fut attaquée et anéantie par les soldats abyssins du ras Allula.

au ras du sable : Massaoua évoque les villes cousines de Souakin ou Zeila, Tadjourah ou Obock, Berbera ou Brava, Zanzibar ou Lamoue, ports mythiques entre mer Rouge et océan Indien, escales à flibustiers, concentrations d'odeurs épicées, de secrets et de langueurs, môles d'escale flambés par un soleil qui fige les gestes et assomme jusqu'aux pélicans, dérivant comme des bouées, la tête sous l'aile. Ici les journées coulent de toute éternité dans une hébétude coupée de siestes et de rêves qu'on secoue, peu avant le crépuscule, quand la ville s'anime à la lueur des lampes.

Nous prenons – timidement – possession de cet ancien port de Bazh qu'on appelle Mitswa en langue tigrinia. Trop de souvenirs rôdent dans les rues de cette cité qui fut portugaise et turque, égyptienne et italienne, britannique et éthiopienne, trop de grâce exténuée dans ces maisons ottomanes à demi en ruine, ces fenêtres à ogives, ces plafonds très hauts qu'on devine par les portes entrebâillées, ces lits tirés dehors dans la fraîcheur du soir. À cet instant d'avant la nuit, les femmes s'accroupissent sur les seuils pour démêler leurs cheveux. La ville entière sent la grillade et la cardamome et il reste, sous les arcades du port, quelques vieillards pensifs, en djellaba blanche, petit gilet sans manches, turban sur la tête et dents en or plein la bouche.

Massaoua est une ville martyre. Cargos éventrés, coupoles crevées, façades piquetées d'impacts, quais infirmes où rouillent des épaves : la ville offrait naguère aux Éthiopiens la mer ouverte et l'accès au grand large. Devant l'ancienne banque d'Italie réduite en cendres se dressait une statue d'Hailé Sélassié désignant la mer Rouge d'un geste de la main droite.

… avec le club Lido et sa piscine abandonnée…

… et le cimetière de bateaux, refuge des orphelins.

C'est – d'abord – pour la mer qu'on s'est battu. Enveloppée de légendes, Massaoua incarnait un grand dessein impérial et maritime. Ici, pendant la grande famine de 1973, tandis qu'agonisaient les paysans du Wollo, le négus avait convié les puissants du monde entier pour un *Navy Day* munificent, avec manœuvres de bateaux, défilés protocolaires et tirs de canons. C'est pour cet « accès à la mer » qu'Hailé Sélassié avait exigé que l'Érythrée fût annexée à l'Éthiopie. Massaoua, enjeu véritable d'une guerre de trente ans…

Les *fighters* érythréens, sitôt qu'ils furent maîtres de la vieille cité de *Mitswa* retranchée sur son île (en février 1990), dynamitèrent la statue du négus. L'Éthiopie ne perdait pas seulement la guerre. Elle perdait la mer. Massaoua en fut punie, plus atrocement qu'aucune autre ville dans la corne. Dès le début de l'année 1991, le pouvoir éthiopien lança contre Massaoua sept bombardements aériens qui n'avaient d'autre inspiration que la rage et le dépit.

Le sixième fut le plus terrible. Les Mig 23 et les Sukhoï 7 lâchèrent leurs bombes à fragmentation de fabrication israélienne sur les rues et les marchés, inondant la ville de sang et déchiquetant des dizaines de civils. Massaoua brûla, Massaoua s'effondra dans la fumée des incendies et les cris d'épouvante. Longtemps, très longtemps, la ville pua la mort sous ses décombres.

De la terrasse du Dhalak Hôtel, à trois mètres de la mer, j'écoute aujourd'hui la rumeur du port, le grincement des palans, le grésillement des lampes à arc, les grues qui tournent et le béton qu'on coule. La ville martyre est un chantier.

Massaoua-Guernica…

L'archipel retrouvé

Nous finissons dans la mer…

L'appareillage est magnifique. Le *Nobile,* un caïque à deux mâts sorti d'un chantier turc, sent le bois chaud et la saumure. Maurizio, le capitaine, est un jeune pied-noir italien revenu en Érythrée où il est né. « J'ai enfin trouvé un pays », dit-il avant d'évoquer le Massaoua de son enfance – le dancing du Lido et le cinéma en plein air dont il escaladait les murs. À petite vitesse, nous doublons les dernières bouées du port et les cargos en attente. Une lumière aveuglante éclabousse le pont, un vent tiède retrousse la mer, des paquets d'algues et de grosses méduses dérivent le long de la coque. Des poissons volants giclent devant l'étrave comme des libellules.

Dans notre dos, la côte s'éloigne. Les contours du golfe de Zula, les hauteurs de la péninsule de Buri et du mont Gheden s'effacent dans les brumes de chaleur. Massaoua disparaît ; avec elle, l'Abyssinie et l'Afrique tout entière…

Nous faisons route plein est, à neuf nœuds, vers l'archipel des Dahlak, improbable Atlantide de trois cents îles et îlots que la guerre avait retranchée du monde et engloutie dans le secret. Pendant plus de trente ans, cet antique repaire des contrebandes et des trafics fut interdit à tout étranger, hérissé de bunkers et de bases secrètes. Sur l'île principale de Dahlak

L'île de Dahlak Khébir…

… et ses quelques habitants.

Khébir et l'îlot voisin de Nokrah, les Soviétiques avaient construit une piste aérienne, des entrepôts et des hangars.

Toujours, j'avais rêvé des îles Dahlak...

Après six heures de mer, nous jetons l'ancre dans l'étroit chenal qui sépare Nokrah de Dahlak Khébir. Deux épaves de cargos, quilles en l'air, se couvrent déjà de madrépores et d'algues vertes. À terre, on aperçoit une base militaire fantôme, avec ses baraquements éventrés, ses citernes empilées, ses postes de combat sous les épineux et ses portes qui grincent dans le vent avec la régularité d'un métronome.

Maurizio a mis un Zodiac à la mer. Il nous entraîne vers de lointains îlots frangés de plages blanches, des caps couverts d'oiseaux et des chenaux transparents. Nous zigzaguons de rivages en rivages, soûls de soleil et de vent. Palmes aux pieds, nous plongeons sur des hauts-fonds jamais visités, aussitôt entourés de poissons perroquets, essaims multicolores, caranques, corail bleu et gros bénitiers qui s'entrebâillent sur des lèvres écarlates.

Ce soir-là, fourbus, nous alignons nos matelas sur le pont du *Nobile* dont la chaleur fait craquer les planches. Le silence est fou. La nuit est noire. Regard dans les étoiles, Maurizio et Mehretou parlent à voix basse d'enfances africaines et de bonheur retrouvé. Lorsqu'ils se taisent, nous nous penchons sur l'eau en écarquillant les yeux. Tout contre la coque, invisibles mais confiants, on entend distinctement respirer les dauphins de la mer Rouge.

Raymond nettoie son Leica.

Nous n'avons pas sommeil.

Retour à la mer, à la mer Rouge.

Raymond Depardon

Jeux Olympiques de Mexico
(en collaboration avec Yves Nouchi)
Solar, 1968

Chili
(en collaboration avec Chas Gerresten et David Burnett)
Robert Capa Gold Medal, 1974

Tchad
Gamma, 1977

Gilles Caron reporter
Le Chêne, 1977

Notes
Arfuyen, 1979
réédition avec La Solitude heureuse du voyageur
« Points », n° P1558

Correspondance new-yorkaise
Libération/Éditions de l'Étoile, 1981

Le Désert américain
Éditions de l'Étoile, 1983

San Clemente
Centre national de la photographie, 1984

Les Fiancées de Saigon
Les Cahiers du Cinéma, 1986

Hivers
Arfuyen, 1987

Vues
Le Monde, 1988

La Pointe du Raz
Marval, 1991

Depardon Cinéma
(en collaboration avec Frédéric Sabouraud)
Les Cahiers du Cinéma, 1993

La Colline des Anges.
Retour au Vietnam (1972-1992)
(en collaboration avec Jean-Claude Guillebaud)
Seuil, 1993
et « Points », n° P1557

La Ferme du Garet
Carré, 1995
Actes Sud, 1997 et 2003

En Afrique
Seuil, 1996

100 photos pour défendre la liberté de la presse
Reporters sans frontières, 1997

Depardon Voyages
Hazan, 1998

La Solitude heureuse du voyageur
Musées de Marseille, 1998
et réédition précédée de Notes, *« Points », n° P1558*

Silence rompu
La Joie de Lire, Genève 1998

Raymond Depardon
(texte de Michel Guerrin)
CNP Nathan, « Photo-poche », n° 81, 1999
et Actes Sud, 2006

Rêves de désert
(en collaboration avec Titouan Lamazou)
Fondation Cartier pour l'art contemporain, 2000

Détours
Maison Européenne de la Photographie, 2000

À tombeau ouvert
(collectif, dirigé par Josée Landrieu, photographies Raymond Depardon)
Autrement, 2000

Corse
(en collaboration avec Jean-Noël Pancrazi)
Seuil, 2000
et « Points », n° P1209

Errance
Seuil, 2000
et « Points », n° P1099

Visa V.
Littoral/Piétinements, parcours.
La pointe du Raz
Filigranes éditions, 2002

Désert, un homme sans l'Occident
Seuil, 2003

Paroles prisonnières
Seuil, 2004

J.O.
Seuil, 2004

Paris, journal
Hazan, 2004

Images politiques
La Fabrique, 2004

7 x 3, une exposition de films
Fondation Cartier pour l'art contemporain
Actes Sud, 2004

Afriques
Hazan, 2005

Photographies de personnalités politiques
(en collaboration avec Jean Lacouture)
Seuil, 2006
et « Points », n° P1649

Depardon — New York
(en collaboration avec Alain Bergala)
Cahiers du Cinéma, 2006

Raymond Depardon
(introduction de Michel Guerrin)
Actes Sud, 2006

Villes, Cities, Städte
Steidl Publishing et Actes Sud, 2007

Le Désert américain
(en collaboration avec Serge Toubiana)
Hazan, 2007

Point de vue
(en collaboration avec Christian Caujolle)
Éditions de l'Aube, 2007

1968
Une année autour du monde
Points, n° P1865, 2008

JEAN-CLAUDE GUILLEBAUD

Les Jours terribles d'Israël
Seuil, « L'Histoire immédiate », 1974

Les Confettis de l'Empire
Seuil, « L'Histoire immédiate », 1976

Les Années orphelines
Seuil, « Intervention », 1978

Un voyage vers l'Asie
Seuil, 1979
et « Point Actuels », n° 37

Un voyage en Océanie
Seuil, 1980
et « Points Actuels », n° 49

L'Ancienne Comédie
roman
Seuil, 1984

Le Voyage à Keren
roman
prix Roger-Nimier
Arléa, 1988

L'Accent du pays
Seuil, 1990

Cabu en Amérique
(en collaboration avec Cabu et Laurent Joffrin)
Seuil, « L'Histoire immédiate », 1990

Sauve qui peut à l'Est
(en collaboration avec Cabu)
Seuil, « L'Histoire immédiate », 1991

Le Rendez-vous d'Irkoutsk
Arléa, 1991

La Colline des Anges
(en collaboration avec Raymond Depardon)
prix de l'Astrolabe
Seuil, 1993
et « Points », n° P1157

Sur la route des Croisades
Arléa, 1993
et « Points », n° P84

La Trahison des Lumières
prix Jean-Jacques-Rousseau
Seuil, 1995
et « Points », n° P257

Écoutez voir !
Arléa, 1996

La Tyrannie du plaisir
prix Renaudot essai
Seuil, 1998
et « Points », n° P668

La Traversée du monde
Arléa, 1998

La Refondation du monde
Seuil, 1999
et « Points », n° P795

L'Esprit du lieu
Arléa, 2000

Le Principe d'humanité
Grand Prix européen de l'essai
Seuil, 2001
et « Points », n° P1027

Istanbul
(en collaboration avec Marc Riboud)
Imprimerie nationale, 2003

Le Goût de l'avenir
Seuil, 2003
et « Points », n° P1254

La Force de conviction
À quoi pouvons-nous croire ?
Seuil, 2005
et « Points essais », n° 552

La psychanalyse peut-elle guérir ?
(en collaboration avec Armand Abecassis et Juan David Nasio.
sous la direction d'Alain Houziaux)
Éditions de l'Atelier, 2005

La Mémoire, pour quoi faire ?
(en collaboration avec François Dosse, Alain Finkelkraut,
sous la direction d'Alain Houziaux)
Éditions de l'Atelier, 2006

Comment je suis redevenu chrétien
Albin Michel, 2007

Photogravure : Les artisans du Regard, Paris
Impression : mame, à tours
Dépôt légal : septembre 2008. N° 92676
N° d'imprimeur : 08072140
Imprimé en France

Collection Points

DERNIERS TITRES PARUS

P1811. - 30°, *Donald Harstad*
P1812. Le Second Empire. Les Monarchies divines IV
Paul Kearney
P1813. Été machine, *John Crowley*
P1814. Ils sont votre épouvante, et vous êtes leur crainte
Thierry Jonquet
P1815. Paperboy, *Pete Dexter*
P1816. Bad city blues, *Tim Willocks*
P1817. Le Vautour, *Gil Scott Heron*
P1818. La Peur des bêtes, *Enrique Serna*
P1819. Accessible à certaine mélancolie, *Patrick Besson*
P1820. Le Diable de Milan, *Martin Suter*
P1821. Funny Money, *James Swain*
P1822. J'ai tué Kennedy ou les mémoires d'un garde du corps
Manuel Vázquez Montalbán
P1823. Assassinat à Prado del Rey et autres histoires sordides
Manuel Vázquez Montalbán
P1824. Laissez entrer les idiots. Témoignage d'un autiste
Kamran Nazeer
P1825. Patients si vous saviez, *Christian Lehmann*
P1826. La Société cancérigène
Geneviève Barbier et Armand Farrachi
P1827. La Mort dans le sang, *Joshua Spanogle*
P1828. Une âme de trop, *Brigitte Aubert*
P1829. Non, ce pays n'est pas pour le vieil homme
Cormack Mc Carthy
P1830. La Psy, *Jonathan Kellerman*
P1831. La Voix, *Arnaldur Indridason*
P1832. Les Nouvelles Enquêtes du juge Ti, vol. 4
Petits meurtres entre moines, *Frédéric Lenormand*
P1833. Les Nouvelles Enquêtes du juge Ti, vol. 5
Madame Ti mène l'enquête, *Frédéric Lenormand*
P1834. La Mémoire courte, *Louis-Ferdinand Despreez*
P1835. Les Morts du Karst, *Veit Heinichen*
P1836. Un doux parfum de mort, *Guillermo Arriaga*
P1837. Bienvenue en enfer, *Clarence L. Cooper*
P1838. Le Roi des fourmis, *Charles Higson*

P1839. La Dernière Arme, *Philip Le Roy*
P1840. Désaxé, *Marcus Sakey*
P1841. Opération vautour, *Stephen W. Frey*
P1842. Éloge du gaucher, *Jean-Paul Dubois*
P1843. Le Livre d'un homme seul, *Gao Xingjian*
P1844. La Glace, *Vladimir Sorokine*
P1845. Je voudrais tant revenir, *Yves Simon*
P1846. Au cœur de ce pays, *J.M. Coetzee*
P1847. La Main blessée, *Patrick Grainville*
P1848. Promenades anglaises, *Christine Jordis*
P1849. Scandale et folies.
Neuf récits du monde où nous sommes, *Gérard Mordillat*
P1850. Un mouton dans la baignoire, *Azouz Begag*
P1851. Rescapée, *Fiona Kidman*

P1852. Le Sortilège de l'ombre. Le Cycle de Deverry II
Katharine Kerr
P1853. Comment aiment les femmes. Du désir et des hommes
Maryse Vaillant
P1854. Courrier du corps. Nouvelles voies de l'anti-gymnastique
Thérèse Bertherat
P1855. Restez zen. La méthode du chat, *Henri Brunel*
P1856. Le Jardin de ciment, *Ian McEwan*
P1857. L'Obsédé (L'Amateur), *John Fowles*
P1858. Moustiques, *William Faulkner*
P1859. Givre et sang, *John Cowper Powys*
P1860. Le Bon Vieux et la Belle Enfant, *Italo Svevo*
P1861. Le Mystère Tex Avery, *Robert Benayoun*
P1862. La Vie aux aguets, *William Boyd*
P1863. L'amour est une chose étrange, *Joseph Connolly*
P1864. Mossad, les nouveaux défis, *Gordon Thomas*
P1865. 1968, Une année autour du monde, *Raymond Depardon*
P1866. Les Maoïstes, *Christophe Bourseiller*
P1867. Floraison sauvage, *Aharon Appelfeld*
P1868. Et il y eut un matin, *Sayed Kashua*
P1869. 1000 mots d'esprit, *Claude Gagnière*
P1870. Le Petit Grozda. Les merveilles oubliées du Littré
Denis Grozdanovitch
P1871. Romancero gitan, *Federico García Lorca*
P1872. La Vitesse foudroyante du passé, *Raymond Carver*
P1873. Ferrements et autres poèmes, *Aimé Césaire*

P1874. La Force qui nous manque, *Eva Joly*
P1875. Enfants des morts, *Elfriede Jelinek*
P1876. À poèmes ouverts, *Anthologie Printemps des poètes*
P1877. Le Peintre de batailles, *Arturo Pérez-Reverte*
P1878. La Fille du Cannibale, *Rosa Montero*
P1879. Blue Angel, *Francine Prose*
P1880. L'Armée du salut, *Abdellah Taïa*
P1881. Grille de parole, *Paul Celan*
P1882. Nouveaux poèmes *suivi de* Requiem, *Rainer Maria Rilke*
P1883. Dissimulation de preuves, *Donna Leon*
P1884. Une erreur judiciaire, *Anne Holt*
P1885. Honteuse, *Karin Alvtegen*
P1886. La Mort du privé, *Michael Koryta*
P1887. Tea-Bag, *Henning Mankell*
P1888. Le Royaume des ombres, *Alan Furst*
P1889. Fenêtres de Manhattan, *Antonio Muñoz Molina*
P1890. Tu chercheras mon visage, *John Updike*
P1891. Fonds de tiroir, *Pierre Desproges*
P1892. Desproges est vivant, *Pierre Desproges*
P1893. Les Vaisseaux de l'ouest. Les Monarchies divines V
Paul Kearney
P1894. Le Quadrille des assassins. La Trilogie Morgenstern I
Hervé Jubert
P1895. Un tango du diable. La Trilogie Morgenstern II
Hervé Jubert
P1896. La Ligue des héros. Le Cycle de Kraven I
Xavier Mauméjean
P1897. Train perdu, wagon mort, *Jean-Bernard Pouy*
P1898. Cantique des gisants, *Laurent Martin*
P1899. La Nuit de l'abîme, *Juris Jurjevics*
P1900. Tango, *Elsa Osorio*
P1901. Julien, *Gore Vidal*
P1902. La Belle Vie, *Jay McInerney*
P1903. La Baïne, *Eric Holder*
P1904. Livre des chroniques III, *António Lobo Antunes*
P1905. Ce que je sais (Mémoires 1), *Charles Pasqua*
P1906. La Moitié de l'âme, *Carme Riera*
P1907. Drama city, *George P. Pelecanos*
P1908. Le Marin de Dublin, *Hugo Hamilton*
P1909. La Mère des chagrins, *Richard McCann*
P1910. Des louves, *Fabienne Jacob*

P1911. La Maîtresse en maillot de bain. Quatre récits d'enfance
Yasmina Khadra, Paul Fournel,
Dominique Sylvain et Marc Villard
P1912. Un si gentil petit garçon, *Jean-Loup Chiflet*
P1913. Saveurs assassines. Les Enquêtes de Miss Lalli
Kalpana Swaminathan
P1914. La Quatrième Plaie, *Patrick Bard*
P1915. Mon sang retombera sur vous, *Aldo Moro*
P1916. On ne naît pas Noir, on le devient
Jean-Louis Sagot-Duvauroux
P1917. La Religieuse de Madrigal, *Michel del Castillo*
P1918. Les Princes de Francalanza, *Federico de Roberto*
P1919. Le Conte du ventriloque, *Pauline Melville*
P1920. Nouvelles chroniques au fil de l'actualité.
Encore des mots à découvrir, *Alain Rey*
P1921. Le mot qui fait mouche. Dictionnaire amusant
et instructif des phrases les plus célèbres de l'histoire
Gilles Henry
P1922. Les Pierres sauvages, *Fernand Pouillon*
P1923. Ce monde est mon partage et celui du démon
Dylan Thomas
P1924. Bright Lights, Big City, *Jay McInerney*
P1925. À la merci d'un courant violent, *Henry Roth*
P1926. Un rocher sur l'Hudson, *Henry Roth*
P1927. L'amour fait mal, *William Boyd*
P1928. Anthologie de poésie érotique, *Jean-Paul Goujon (dir.)*
P1929. Hommes entre eux, *Jean-Paul Dubois*
P1930. Ouest, *François Vallejo*
P1931. La Vie secrète de E. Robert Pendleton, *Michael Collins*
P1932. Dara, *Patrick Besson*
P1933. Le Livre pour enfants, *Christophe Honoré*
P1934. La Méthode Schopenhauer, *Irvin D. Yalom*
P1935. Echo Park, *Michael Connelly*
P1936. Les Rescapés du Styx, *Jane Urquhart*
P1937. L'Immense Obscurité de la mort, *Massimo Carlotto*
P1938. Hackman blues, *Ken Bruen*
P1939. De soie et de sang, *Qiu Xiaolong*
P1940. Les Thermes, *Manuel Vázquez Montalbán*
P1941. Femme qui tombe du ciel, *Kirk Mitchell*
P1942. Passé parfait, *Leonardo Padura*
P1943. Contes barbares, *Craig Russell*

P1944. La Mort à nu, *Simon Beckett*
P1945. La Nuit de l'infamie, *Michael Cox*
P1946. Les Dames de nage, *Bernard Giraudeau*
P1947. Les Aventures de Minette Accentiévitch *Vladan Matijeviç*
P1948. Jours de juin, *Julia Glass*
P1949. Les Petits Hommes verts, *Christopher Buckley*
P1950. Dictionnaire des destins brisés du rock *Bruno de Stabenrath*
P1951. L'Ère des dragons. Le Cycle de Kraven II *Xavier Mauméjean*
P1952. Sabbat Samba. La Trilogie Morgenstern III *Hervé Jubert*
P1953. Pour le meilleur et pour l'empire, *James Hawes*
P1954. Doctor Mukti, *Will Self*
P1955. Comme un père, *Laurence Tardieu*
P1956. Sa petite chérie, *Colombe Schneck*
P1957. Tigres et tigresses. Histoire intime des couples présidentiels sous la Ve République, *Christine Clerc*
P1958. Le Nouvel Hollywood, *Peter Biskind*
P1959. Le Tueur en pantoufles, *Frédéric Dard*
P1960. On demande un cadavre, *Frédéric Dard*
P1961. La Grande Friture, *Frédéric Dard*
P1962. Carnets de naufrage, *Guillaume Vigneault*
P1963. Jack l'éventreur démasqué, *Sophie Herfort*
P1964. Chicago banlieue sud, *Sara Paretsky*
P1965. L'Illusion du péché, *Alexandra Marinina*
P1966. Viscéral, *Rachid Djaïdani*
P1967. La Petite Arabe, *Alicia Erian*
P1968. Pampa, *Pierre Kalfon*
P1969. Les Cathares. Brève histoire d'un mythe vivant *Henri Gougaud*
P1970. Le Garçon et la Mer, *Kirsty Gunn*
P1971. L'Heure verte, *Frederic Tuten*
P1972. Le Chant des sables, *Brigitte Aubert*
P1973. La Statue du commandeur, *Patrick Besson*
P1974. Mais qui est cette personne allongée dans le lit à côté de moi ?, *Alec Steiner*
P1975. À l'abri de rien, *Olivier Adam*
P1976. Le Cimetière des poupées, *Mazarine Pingeot*
P1977. Le Dernier Frère, *Nathacha Appanah*

P1978. La Robe, *Robert Alexis*
P1979. Le Goût de la mère, *Edward St Aubyn*
P1980. Arlington Park, *Rachel Cusk*
P1981. Un acte d'amour, *James Meek*
P1982. Karoo boy, *Troy Blacklaws*
P1983. Toutes ces vies qu'on abandonne, *Virginie Ollagnier*
P1984. Un peu d'espoir. La trilogie Patrick Melrose
Edward St Aubyn
P1985. Ces femmes qui nous gouvernent, *Christine Ockrent*
P1986. Shakespeare, la biographie, *Peter Ackroyd*
P1987. La Double Vie de Virginia Woolf
Geneviève Brisac, Agnès Desarthe
P1988. Double homicide, *Faye et Jonathan Kellerman*
P1989. La Couleur du deuil, *Ravi Shankar Etteth*
P1990. Le Mur du silence, *Hakan Nesser*
P1991. Mason & Dixon, *Thomas Pynchon*
P1992. Allumer le chat, *Barbara Constantine*
P1993. La Stratégie des antilopes, *Jean Hatzfeld*
P1994. Mauricio ou les Élections sentimentales
Eduardo Mendoza
P1995. La Zone d'inconfort. Une histoire personnelle
Jonathan Franzen
P1996. Un goût de rouille et d'os, *Craig Davidson*
P1997. La Porte des larmes. Retour vers l'Abyssinie
Jean-Claude Guillebaud, Raymond Depardon
P1998. Le Baiser d'Isabelle.
L'aventure de la première greffe du visage
Noëlle Châtelet
P1999. Poésies libres, *Guillaume Apollinaire*
P2000. Ma grand-mère avait les mêmes.
Les dessous affriolants des petites phrases
Philippe Delerm
P2001. Le Français dans tous les sens, *Henriette Walter*
P2002. Bonobo, gazelle & Cie, *Henriette Walter, Pierre Avenas*
P2003. Noir corbeau, *Joel Rose*
P2004. Coupable, *Davis Hosp*
P2010. Les Sept Solitudes de Lorsa Lopez, *Sony Labou Tansi*
P2011. La Première Femme, *Nedim Gürsel*
P2012. Proses éparses, *Robert Musil*
P2013. L'Aïeul, *Aris Fakinos*
P2014. Les Exagérés, *Jean-François Vilar*